上帝的秘笈

一最後的法寶

王白石　著

序

人；總是有一股潛藏的能力，不到極限不輕易展現。

昨日幾位姐妹相約小聚，爽朗的秀碧打扮的花枝招展，一臉的笑容，大夥感到她最近有些「妖嬌」，便七嘴八舌的盤問她，居然靦腆的說她原本就是如此；「哈……哈……哈」，我則宣佈說作家的第二本書要出籠了，可怕的是，只花了40幾天就完成了，這腦袋瓜內到底還蘊藏了些什麼？

相較第一本以情愛小說為題材，本書有如科幻般懸疑多變的人物角色，及魔杖般的工具穿梭其間，猶如現實生活的秀碧之行徑，讓人常常摸不清，猜不透，下一步又要做什麼？

記得有一天，秀碧來電說她對人的信任不再，想遠離熱愛的信仰；不想與人聯繫（甚至換掉對外的通訊），想好好沉澱一下，我直覺她一定在工作的人際上，遇到衝突（大辣辣的個性），以及她對人的期待太過高；是否已為特定的人貼上標籤，是否自己太過執著，不容許有黑白以外的世界……。古今中外，比比皆是，尤其當今社會頭條新聞，每天上演的只要與權益有關，人往往欠缺了那份謙虛，便以傷害攻擊對方為立足的武器，一旦權力到手「心魔」佔地為巢，為鞏固自己的地位，人不再和善，人愈是軟弱，奪權的慾望更大。人要如何自處？相對的要有一個清晰的頭腦，外加一份智慧的判斷力，才能因應生態環境的抗壓性，隨時可以讓自己保有愉快的心態，這不就是造物主給人最大的秘笈嗎？

彰化民生國小讀書會會長—廖月嬰

於2006／3／13

自序

當初寫《紅毛港傳說》一書純粹是想紀錄故鄉一些人和物，以及為自己的生命增添一點點色彩和回憶，所以也就沒有想到會寫這第二本書，或許一切都是神的旨意吧！寫這第二本《上帝的秘笈—最後的法寶》時，是我對神失去信心、對人失去信任，是我人生的低潮期，為此，我離開神、離開教會、離開人群、離開工作，把自己完全封閉，只想安安靜靜過日子。但是神！是奇妙的神，在我離群蟄伏的第二天，神給了我寫《上帝的秘笈—最後的法寶》的靈感，神透過它來醫治我的傷害，以及釋放我內心的苦毒，當寫完這本書我才驀然領悟，原來「苦難」的背後是隱藏了更大的祝福。

這一生到目前為止，除了我的父母之外，我最感謝和感恩的人，是我的老公的三個姊姊麗薇、麗慧、麗娟，從老公罹患癌症之後，不論在精神上或物質上，三個姊姊總是盡心盡力的支持與幫助，尤其大姊對弟弟的疼愛，讓我一生一世銘記在心，也因著姊姊們的一路扶持、鼓勵，老公才能一次又一次安然走過死蔭的幽谷。

最後感謝教會裡的一些弟兄姊妹，曾經或長期為外子代禱，您們的愛，神都紀念了！願上帝大大祝福您們。

還有感謝我在那一段人生的低潮期，張萃媚姊妹一路的扶持。同時謝謝她在百忙之中，一再為我校稿，願神祝福她永遠福杯滿滿，也祝福她的工作、家庭。

目次

序　廖月嬰　3
自序　5
金芯之島的由來　11
撿選神國僕人　14
走馬上任　17
烏鴉唱歌　19
聞到魔鬼的味道　21
被虧待的感覺　24
平淡的日子　29
找到位子　32
包藏禍心　34

撒但出現 36
聖殿的爭吵 39
上帝法寶現身 42
引誘 45
兩種寶貝 49
引誘成功 51
煥然一新 54
紅球 58
與魔鬼談話 63
尋找魔鬼 67
地下密室 69
與魔鬼同行 72
吳小晏長老的家 77
聖殿的藏書閣 82
紅精靈和黃精靈 85
石頭之神 94

仙女之死 101
管管杖 105
發現 115
掩蓋罪之草 121
出發 123
搶奪 126
鴨子 128
風草谷 134
妹妹溪 136
解脫 140
水蛭 145
水蛭蛇魔之死 148
神奇禿森林 158
回家鳥 161
草繩坡 166
「日月湖」的由來 171

露出貪婪的本性 174
磁波道的由來 176
磁波道下的秘密 178
比賽 185
歸來 191
愛的力量 195
殺人 227
告狀 230
千爪萬掌 234
控制室被毀滅 237
決鬥 243
審判長 253
證據 257
審判大長老 258
毀滅 261

金芯之島的由來

宇宙渾沌之時，上帝創造萬物之初的那一天裡，一個不小心，手中的一顆微小的金珠，輕輕被甩了一下，竟溜了出去這顆小珠珠，它卻意外掉落在宇宙中的星球與星球間，形成一個世外桃源的島嶼，它是屬神國管轄的世界，名叫金芯之島。

此島是在宇宙中卻靠在地球之邊緣，高空鳥瞰此島嶼，終年迷迷濛蒙、煙霧瀰漫，彷彿外表披上一件似有似無的薄紗，外面看不到裡面，裡面清清楚楚看得到外面的世界，是一個適合人類居住和神喜歡來漫遊的地方。

在宇宙中俯瞰金芯之島橫看成嶺側成峰，遠、近、高、低各不同，讓人搞不清楚是島，還是山，這樣的保護層，是上帝的美意，是為了怕魔界人來攪擾。

金芯之島四季如春、風和日麗、鳥語花香、物產豐富，這裡的人們不太需要為食物忙碌或者為生活而憂愁，而島上的居民也是神—上帝特別揀選過的，是一群被祝福的百姓。

這些百姓性情和善，對神十分敬畏，管理起來不費吹灰之力，其實他們不太需要人的管理，因為他們是靠神的話語來自律，他們愛神之心，勝過世俗一切的物慾。所以他們在神的愛裡，彼此相親相愛，他們的生活十分富足、豐盛，卻獨少一位合神心意的僕人來供養他們的靈命，帶領他們更親近上帝，讓精神上有所依靠，對未來有盼望。

為此，島嶼上的百姓日日夜夜向神呼求，願慈愛的神、全能的上帝賜下一位合神心意、合眾人的需要的好僕人，使他們生活裡處處有神的同在，每天能靠神的話語，戰勝一切試探，每天能靠神的話語，使日子充滿希望和喜樂。

上帝一次次聽到金芯之島眾百姓的禱告，神歡喜、更悅納這裡的百姓的心聲需求，神就大大發了慈悲的心，輕輕揮動祂那無所不能、無所不在的神力，把祂看為最美好的事，賜給了這裡的百姓。

金芯之島經年風調雨順，景色處處如詩、處處如畫，美得令人驚歎和喜歡，百姓無憂無慮，過著豐盛卻與世無爭的生活，人人安居樂業，社會一片祥和，令邪惡、正義兩界看在眼裡、愛在心裡，不但眾神界的僕人想得到這個島嶼的管理權，成為金芯之島島主。這個肥缺，就連魔界人也覬覦，牠隨時都在伺機而動，但它是神無意中的創作，祂也訝異它的渾然天成之美。祂十分喜愛金芯之島，為了怕魔界來掠奪和迫害，神特地為此島，設下重重關卡；外層霧茫茫的紗罩，以及一道無形的銅牆鐵壁保護，而進入金芯之島的「前鑰門」，是施了法力的罩門，因此魔界人若想進入此島，必須附身在神國的僕人身上方可進入。雖然神的保護網做得似乎很完美，幾乎是滴水不露的地步，不知為甚麼魔鬼還是進來了！是誰……給魔鬼機會？是神的心意？或者是人的心作祟？

揀選神國僕人

當神—上帝昭告眾僕人，要從神的眾僕人中遴選其中一位，前往金芯之島當島主。昭告不久之後，神的眾僕人界展開一場前所未有的明爭暗鬥，大家使出渾身解數互相角力，追逐著金芯之島島主之位。

一時之間，神界的眾僕人間瀰漫著一股濃濃爾虞我詐的氣氛，由於爭吵不休、暗鬥連連，引起不小騷動，這騷動居然驚動了天上的神，不得已的情況下只好命令兩位屬靈輩分很高卻已老眼昏花之耄耋使者，要他們兩人公開從神揀選的眾僕人中，選出一位合宜的牧者前往金芯之島當島主。

神知道，在祂所揀選屬於世界上的許許多多僕人中，素質是良莠不齊的，就像祂叫日頭照義人，也照歹人，這是神的美意，有時令人猜不透，祂說人若是猜得透祂，祂就不叫神了。

在遴選的那一日，這兩位靈命輩分高、聖潔有智慧，卻老眼昏花的耄耋使者，雖是閱人無數，但畢竟年歲已高，不知時代已改變，人心也在改變中，連神所揀選的僕人也是一樣。

當兩位耄耋使者一出來，站在聖台上，看到聖殿上，眾僕人們你推我擠，吱吱喳喳、鬧哄哄一團亂，個個都想擠進最靠近他們倆的眼前和視線，只有那卑微、講話口齒不清，矮小的王海道僕人拼命往角落躲。

因為王海道僕人他知道自己靈命平庸、長相平凡，若論能力是差了一點，論個性，有一些優柔寡斷，想想自己沒有過人之處，沒有傲人的經歷，一生到目前為止，只能用乏善可陳來形容自己，他知道自己無德無能，又不會長袖善舞的功夫，唯一可取之處就是心地善良、忠勤事主，但這是神給僕人的本質，不足掛齒。王海道僕人有自知之明，自己鐵定不會被選上，所以也就不想浪費自己力氣跟人家爭成一團。

站上聖殿台上的兩位耄耋使者，一看大家拼命吶喊、瘋狂揮舞各種肢體動作，場面混亂，為之，不禁皺起雙眉，心裏不斷嘀咕；他們太不像樣，真是有辱神國僕人界的形象，兩位耄耋使者舉起手，示意大家肅靜，大家依然吵鬧不休，兩人看了不禁搖頭，但也莫可奈何，只能站在高處不斷左望望右看看，來來回回搜尋，始終看不到中意的人選，這時兩人正傷神之際，那躲在最角落、最邊緣的矮小、不起眼的王海道僕人突然連續打了三個超大噴嚏，倏然，聖殿內鴉雀無聲，大家很自然把頭轉向王海道僕人，這時隱藏在王僕人左邊的天使和右邊的撒但，兩人各踹了他一腳，讓他摔了個四腳朝天，狼狽的模樣，惹得大家哈哈大笑，王海道僕人見狀很難為情，露出靦腆可愛的笑容，嘴巴不斷向兩位耄耋使者致歉，也深深彎下身向眾僕人道歉，使者見狀，心裡歡喜王海道僕人心地善良、忠勤事主的行為。於是他們倆一致推選王海道僕人為金芯之島島主。

這天上掉下來的禮物，毫不費吹灰之力，王海道得知自己打敗許許多多對手得到金芯之島島主之位，臉上不禁露出得意的笑容，頓時，驕傲的靈在他的心中產生。而另一方面那些落選者，心有不甘，頻頻向上帝控訴遴選的不公，以及述說著王海道僕人能力差，不適合上任。神聽見這種雜音，心雖有隱憂，但祂仍尊重祂膏立的兩位使者所作的決定。為了平息這一場紛爭，神親自向祂所愛的眾神僕人現身，顯明這一切是祂的旨意，眾僕人聽了就完全順服，這事就到此塵埃落定。

走馬上任

當王海道僕人奉命前往金芯之島服事，隨著彎彎曲曲的銀河似水流瀉，王海道僕人和鍾愛的隨從喜樂和一隻嬌小玲瓏的狗兒—阿雪他們身體變得十分輕巧，穿梭過無邊無際的星際，只見滿天的星斗發出微藍青光，一閃一閃與他們道別。

在世界沿崖岸和路邊的金盞花也隨風飄送，與王海道僕人靈魂一起飛往，當要進入金芯之島「前鑰門」時，小狗阿雪拼命掙扎而不願進入，牠的主人喜樂用雙手硬抱住牠，阿雪狂亂汪汪叫著，喜樂正納悶阿雪怪異的行為時，忽然弔詭的事發生了，島外的天空上，飛來一個不明物體像是飛碟又似雲朵，速度之快，令人難以捕抓，這東西閃閃發光，發出的是瑰麗的、燦爛的光芒，不偏不倚，擊中王海道僕人，不堪這一擊的他，便暈了過去。只是沒有人知道那發出光的是甚麼東西，也沒有人知道它從何方而來，擊昏王海道僕人之後，那不明物體在王海道僕人腦袋上磨蹭了一下，立刻旋轉並迅速升空逃逸。

等喜樂回神想起身去追時，它已經消失得無影無蹤了。

這時站在遠處的撒但笑了，一個很詭弔的笑容。撒但的權勢這時悄悄的趁虛進入王海道僕人的身體，是意外呢？還是神的旨意？

撒但破壞王海道僕人身體的密碼，撒但用牠獨特的手法，重新輸入王海道僕人的良知，然後變革了思想組織，搗亂了他分辨善惡的常規，使王海道僕人成為一個全新的人，似好人又似壞人，到底是好人，還是壞人？只有神知道。

在神創造美麗的金芯之島之後，魔鬼—撒但的心裡產生一股莫名的妒意，變得喜歡撕毀人類對神的敬意，而祂最終的目的是想掌控金芯之島百姓嗎？還是想以得勝王者的姿態來宣告金芯之島是屬魔界的呢？牠將為金芯之島帶來什麼災難？還是這是金芯之島的劫數？而神的心意為何？只有祂知道。

烏鴉唱歌

王海道僕人走馬上任的那一天，金芯之島的百姓把王海道僕人到任，當作一件無比神聖的大事，金芯之島的人們把他當作是神的分身來到，全金芯之島百姓們歡欣鼓舞，敲鑼打鼓、鳴放響砲，列隊來迎接，在他所經過的路上，百姓們歡天喜地跳舞著，不停拍手恭迎王海道僕人到來。

王海道僕人所到之處，歡呼聲此起彼落，王海道僕人領受眾百姓熱忱的迎接，內心感動得痛哭流涕，講起話來更是嚴重的結結巴巴，大聲喊叫：「謝……謝……眾……弟……兄……姊……妹……，神……的……愛……常……與……我……們……同……在……。」

在深受聖靈的感動之下，王海道僕人滿載情感，情不自禁比起手來，開懷唱起聖歌讚美神—上帝，只是五音不全的歌聲如烏鴉叫：「啞啞啞」，而咬字還不清不楚，難聽得叫人難以入耳。這時金芯之島的百姓聽到這樣的歌聲，大家皺起眉頭，有些人還摀起耳朵，大家以為是烏鴉飛來搗蛋，而抬頭一看藍藍天空，是一片淨空，於是再次轉向聲音來源，只見王海道僕人渾然忘我，樂陶陶的唱著，大家頓時傻了眼，鴉雀無聲，面面相覷許久，這時路旁有一位天真無邪的小女孩，打破寂靜的場面，開口大聲的說：「好難聽的歌聲！」，眾人不禁爆笑起來。

王海道僕人見此，露出不悅的表情，幸虧他是一位識大體的人，很快就收起心裡的不舒服，而和顏悅色的抱起她，對著小女孩說：「小妹妹長得真可愛哦！我很喜歡你哦！」，化解尷尬的場面，隨即放下小妹妹，繼續向前走，接受百姓的熱忱歡迎。

但他心裡的撒但卻控訴說：「甚麼童言無忌，真是一針見血，使我顏面盡失，真是渾帳東西，不知天高地厚，哼！敢嘲笑我，來日一定找機會好好修理你，讓你這個白目又可恨的笨小孩嚐嚐我的厲害。」

聞到魔鬼的味道

此時，大家腦海冒出好多好多的問號。

大家你一言、我一句、七嘴八舌的猜疑起來：「這真是上帝派來的僕人使者嗎？」，有人又說：「怎麼長這副德行？」

這位插嘴進來說：「對嘛！又矮又胖，還口齒不清！」

那個人也說：「唱詩歌還五音不全，這要如何敬拜神？」

另一邊的人說：「我們有唱詩班，所以唱詩歌是小事，最重要是安息日的講道，口齒不清是要如何傳講神的道？」

他又說「對嘛！對嘛！講話不清不楚，我們要如何聽得清楚？」

大家不禁憂心起來。

而站在外圍的這個人說：「唉呀！你們不要隨便論斷神的僕人。這是神所不喜悅的事。」

又一個插進來說：「我想神自有祂的美意。」

還有一人附和說：「對呀！神自有祂的美意，你們剛才不是有看到王海道僕人淩空而下，從金芯之島前鑰門進入，那是仙界的門。」

大家異口同聲說：「真的，我們不可以懷疑神差遣來的僕人，這是褻瀆神啊！」，「我們趕快跪下求神赦免我們的罪，跟神說我們相信神，為我們預備的僕人是最好的。」

繞過金芯之島的街道，接受百姓的歡迎之後，王海道僕人隨即被四位長老帶領到聖殿前，王海道僕人被外觀的氣勢宏偉震懾住，但一進入聖殿門，他就聞到一股魔鬼存在的味道，他心裡大大吃了一驚，心想：這莊嚴、肅穆、屬靈的聖地，為何有魔鬼的氣息？或許是自己多心，腦海不停冒出許許多多的問號，這問題又不能隨隨便便問人，最後只好聳聳肩，在心裡自嘲一切是自己多慮。但是向前走進「後祭殿」魔鬼的味道越來越重，心裡忍不住憂心起來。

這所聖殿是城堡式，樓高三層建築，分「前主殿」和「後祭殿」，城堡上面是飛肋頂，外觀壯麗宏偉，前主殿兩片牆都有三個大拱形窗，鑲嵌彩繪玻璃，大門是雕著兩位飛翔天使的木雕門，聖殿外左邊是偌大花園，草木扶疏，聖殿右邊是廣場，整個聖殿的四周用矮矮的樹圍著，它矗立在金芯之島中心，是人們精神的堡壘，是金芯之島的地標。

聖殿外觀看起來氣勢磅礴、華麗懾人，卻從來沒有想到它會有一個被遺忘數百年的黑暗地帶，那就是地下密室，深達二層樓，沒有人知道這個禁地—地下密室的入口在哪裡，也沒人去理會，或許人們早已遺忘了，而它究竟是被人封住，還是早已失落已成一個謎。這聖殿裡到底隱藏什麼不可告人的秘密？為何會有魔鬼的味道呢？

被虧待的感覺

王海道僕人被安置住在聖殿中的「後祭殿」，一間陽光照不進來，十分幽暗的小房間，到這房間之前，必須經過一段約五十來步的走道，而小房間裡面的擺設，除了一大一小的兩張床和一張桌子、一把椅子、一盞油燈之外，可以用家徒四壁來形容。但這對一個愛神、忠勤服事神的僕人來說，已經是很好的環境。

面對這樣簡單得不得了的居住環境，王海道僕人，心裡忍不住滴咕著：「為甚麼人一定要神的僕人過如此簡約的生活？非得讓僕人與貧窮畫上等號才行，還要跟樸素無華扯上關係。」王海道僕人心裡不禁感嘆，也很無奈，只能暗暗安慰自己，自己的一切（包括生命）都已經奉獻給神—上帝，自己幹嘛還在乎俗世的物質享受，這世界的榮華富貴，那對他們神國來的人，是虛空的。

其實他會有這樣的情緒，實在是因為他在未被差派來之前，聽神國的眾僕人說金芯之島是個很美麗又富庶的地方，百姓們有愛心又慷慨、熱情、和善待人，所以大家才會爭得你死我活，想來此享受這屬神國、屬世界的榮華富貴，因此使他對金芯之島充滿綺麗的憧憬，誰知今日一來，竟然受到這種待遇，內心不免大失所望，而且有一種被虧待的感覺。

王海道僕人忍不住重重嘆了「唉！」一聲，他真不懂人的作為，為甚麼人對神的僕人是這樣的苛刻，王海道僕人真是感概萬千，但這也只能放在自己的心裡。他知道自己是神的僕人，這種抱怨情緒，是不潔淨的，於是他跪下向神—上帝認罪。

在小房間裡又有一間小小的「禱告室」，是他每天跟神親近的地方。

喜樂和小狗阿雪都跟王海道僕人一起睡在那一間小房間，是擁擠了一點，隨從喜樂卻甘之如飴，小狗阿雪最是快樂，整天在聖殿花園裡可以追著狗、追著貓嬉戲，跟許多靈界的小精靈玩成一團，忙得不得了。

從王海道僕人住進去的那一天起，只要穿梭那一段約五十來步的通道，身體就隱隱約約感到地在晃動，剛開始他以為自己是太累的關係，耳朵產生幻聽，後來發覺每月逢十三號，只要穿梭那一段約五十來步的通道時，就會聽到從地裡鑽出來嚎號混著撕裂的叫聲：「放我出去！放我出去！」，雖然聲音是那麼微弱，但清晰入耳，若是逢十五號又遇到星期四時嚎號混合撕裂的叫聲更嚇人，而且地底也不停飄散出魔鬼的味道來，王海道僕人心裡既驚又不解，心中疑慮越來越深，只是一時之間找不出答案。

這天王海道僕人心裡充滿一連串的疑問，不知如何是好，他便問了隨從—喜樂跟小狗阿雪：「您們有沒有聽到地底下常常傳來的一種很奇怪的聲音？」

喜樂跟小狗阿雪面面相覷，異口同聲的回答：「沒有。」

「真的？」他納悶不已。

王海道僕人也不解其中原因，心裡只好胡亂猜測，不斷自言自語說：「難道牠（魔鬼）是衝著我而來的嗎？」

喜樂見主人心有千千結、自言自語，便戲謔的說：「主人你是壓力太大，也有可能你的神經質在搞怪，才有這種幻覺。」

王海道僕人苦笑一下，心想可能是自己剛上任，求好心切太重，相對壓力也跟著變大：「或許吧！」

於是對地底傳來的聲音一事，他就釋懷了，不把它當作是一回事。

王海道僕人在金芯之島為神奉獻，克盡己責服事百姓，百姓們也很愛他。

雖然王海道僕人傳講神的話語，總是結結巴巴，百姓常常是有聽沒有懂，不知所云。有時王海道僕人講話一快，結巴就更嚴重，以致不時惹得百姓哈哈大笑，但百姓們還是很正面看待王海道僕人的結巴，認為是神藉此帶給他們的另一種歡樂，所以百姓依然很敬重他，只因他是神差遣來的僕人，百姓相信敬重王海道僕人，就如同是敬重神一樣，會蒙神祝福的。

有時，一些百姓會故意拿著神的書—《聖經》，央求王海道僕人讀上帝的話語給他們聽，或要求他解釋，神在《聖經》裡說些甚麼話？又要教導我們甚麼？

王海道僕人總是心平氣和且不厭其煩，一次又一次讀給百姓聽或解釋清楚神話語的啟示，王海道僕人結巴的口語，逗得百姓們哈哈大笑或者吃吃竊笑，王海道僕人見狀也不以為忤，會跟著笑起來，他知道百姓是故意捉弄，王海道僕人一點也不以為意，倒是在一旁他的隨從—喜樂，常常看不下去，想動手打人或者忍不住想破口大罵，但每次都被王海道僕人制止，並安慰喜樂說：「百姓們只是一時覺得好玩而已！只要他們覺得快樂就好，我不在乎被捉弄。」

喜樂怒氣難當說：「但是我看不下去，也不准他們這樣欺負你。」

王海道僕人笑著回答：「那是你個人的感覺，我一點也不覺得他們是在欺負我。」

「喜樂你要跟我學習凡事以平常心去看待，好嗎？畢竟神的僕人就要擁有跟常人不一樣的胸懷和眼光，不然就不足讓人敬重。」他微笑著說道。

喜樂心不甘、情不願的順服主人說：「我盡量去學習就是了。」

「你真是一位聰明的好孩子。」滿意的笑摸著喜樂的頭說。

喜樂心裡還是犯嘀咕說：「真的不懂主人被人捉弄，卻一點也不以為意，真虧他是上帝派來的僕人，還擁有神給的權柄，怎能讓人隨便戲弄、嘲笑？這時心裡轉個念，或許我真的錯了，否則他怎能成為神的僕人？唉！還是順服主人的話吧。」

偉人總是有一種跟平凡人不一樣的特質。

平淡的日子

大家看到性情中人的王海道僕人盡心、盡力、盡性的奉獻自己，百姓們對他就多了幾分敬重和愛戴，日子一久，百姓們也習慣王海道僕人說話結結巴巴，從此不再捉狹他了。

日子在百姓們的安居樂業中平平淡淡的度過，撒但一直找不到機會可以攻擊，牠等得心煩氣躁，打算歸去之際；這時墮落天使－包立積出現，多美好的一個機會，撒但精神抖擻，揚起一絲得意的笑，牠的權勢開始蠢蠢欲動，撒但擅長的手法，就是搞分裂，分裂神的僕人和信徒之間的和諧，分裂人與人之間的關係。

每一個世代的興起或滅亡，總是有一些偉大英雄或一代梟雄的產生。即使在屬靈國度裡也存在這種現象，這是神應允的，是神看為美好的事。所以墮落天使－包立積在此現出蹤跡，儘管包立積在神國裡犯罪無數，被神國的天使們所厭惡，是一位神眼中看為至惡的墮落天使，以致被神國通緝，審判軍四處捉拿他，為了躲避審判軍的捉拿，他逃至金芯之島躲避，是神應允的，因為祂是奇妙的神。

神在神國裡或塵世裡塑造形形色色的人，有好、有壞，不同層面的神僕、天使、百姓，都是為了榮神益人，彰顯神的大有能力。

金芯之島又稱「愛之島」，是一個最靠近上帝的地方，這裡充滿愛和祝福，是弱勢一族最喜愛且口中稱為它「宇宙最後一塊淨土」，所以大家慕名且不惜千里，跋山涉水，遠從四面八方來，其中有酒鬼、有賭徒、有吸毒者、有精神病、有流浪漢、有殘缺、有身罹絕症、有作姦犯科、有負債累累的，各式各樣的人，紛紛搬來金芯之島居住，大家除了想享受神愛世人、世人彼此相愛的溫暖，更想經歷人常說的：「人的盡頭，就是上帝的開頭，神愛世人的奇妙作為。」

金芯之島的百姓仁慈、善良、單純，彼此在神─上帝的國裡相愛。所以對外來弱勢的族群，更是以愛相待，歡迎他們一起來享受上帝豐盛的愛，更歡喜他們能得著神全能的醫治和救贖，使平凡的生命可以不平凡的顯出光和熱。

只是金芯之島百姓忘了有人的地方，就會有問題，就會有紛爭產生。尤其是一群軟弱的人和作姦犯科的一群，這些問題的人物統統聚集在一起，除了有上帝的愛來包容之外，帶領者需要有相當智慧和耐心，以及神同在的力量，若是缺少一樣，這些人帶來的問題，會掀起一場不可避免的災難，將使金芯之島沉淪為罪惡之島。當然撒但也在其中興風作浪，撒但牠是唯恐天下不亂的始作俑者，這也是神看為美好的事。

自酒鬼賭徒、吸毒者、精神病、流浪漢、殘缺、身罹絕症、作姦犯科、負債累累的人，統統來到金芯之島，王海道僕人既歡喜又擔憂，歡喜是能有機會把上帝的救贖福音傳給他們，使他們的靈魂能得救，能享受上帝豐盛的愛，死後能上天堂，生命得永生，而且能幫助他們脫離病痛、酒精、毒品、邪靈的捆綁，釋放人生的愁苦重擔，而憂心的是自己的能力實在有限，智慧有限，而這些人不容易管教也不太服從管教，常常行為失序，使他無法掌控，心力不逮，讓他感到十分挫敗，王海道僕人日日夜夜不斷呼求神，賜下智慧，賜下人力，賜下醫治恩賜，讓他有能力來帶領和醫治，以及有智慧教導他們，叫他們生命得以新生。

神好像垂聽了，但是否有應許他，沒有人知道。

找到位子

墮落天使—包立積早已風聞金芯之島這塊美地，這一天走進金芯之島，隨意晃了幾圈，發現王海道僕人懦弱無能，百姓良善毫無心機，心中滿意極了！他心想終於找到一個很好的棲身之處，最重要的是還可以躲避追緝，在這金芯之島，可以毫無忌憚的實現他新的理想，展開他新的人生，搞不好可以攻城掠地，佔有一席之位，心裡這樣想著想著，似乎看到未來美麗的藍圖，包立積不禁哈哈大笑起來。

包立積在神界邊緣跟魔界之間混久了，全身充滿一股流裡流氣、愛耍老大的邪惡味道。金芯之島的百姓十分歡迎包立積來到神的島國，也歡喜他願意接受神，成為神所挑選出來的人，得到神的救恩（一個印記），是上天堂專用的記號，而且是永遠不會死的保證。然而百姓並不知道包立積是墮落天使的化身，和他醜陋不堪的一面。

包立積看到金芯之島的百姓是如此疼愛他，他一時感動之下，暗自決定要盡他所能來回報，因此在金芯之島百姓叫他做甚麼事或幫忙做任何事，只有一個「好」字，而且是隨叫隨到，做到包君滿意為止，所以包立積很快就擄獲金芯之島百姓的心，找到自己立足的位子。

王海道看他熱心又勤快，為人豪爽、做事乾脆，擁有一身好功夫，是可以造就的人才，於是大大使用他來管理那些酒鬼賭徒、吸毒者、精神病、流浪漢、作姦犯科、逃債的一群，而他當然沒有令王海道失望，王海道僕人以為他是神派遣來幫助他的，殊不知他是墮落天使的化身。

包立積身體相當魁梧，臉大、嘴大，鼻子大，甚麼都大，聲如宏鐘，最喜歡動不動就亮拳頭，口出恫嚇的話，叫人心生畏懼，也叫人反感，對弱勢族群更是暴力相向，手下毫不留情。他常常到處惹事生非，和對善良人耍老大威風，在金芯之島對他的評語很兩極化。那些酒鬼賭徒、吸毒者、精神病、流浪漢、作姦犯科、負債的一群，對他十分懼怕又恨得牙癢癢的。

包立積成為王海道僕人的得力助手，王海道僕人相信這是上帝的旨意。只因他的出現，正是時候呀！

包藏禍心

當一群軟弱的人遇上作姦犯科的一群，再加上一群自認有學問跟自認身份地位高人一等的人，彼此碰在一起時，自己還是只看到自己的需要，自己總是覺得自己是最好的，容不得別人來批評、指正，因此常常一言不合就大打出手，互相攻訐、謾罵，這是人的世界裡，紛爭的起源，一切都從口舌開始，再由心中慢慢的發酵、壯大。人似乎忘了上帝美妙的創造；給人生一張嘴巴、兩個耳朵，是要我們多聽、少講，或許人只要少說話，每個人都可以平靜無波的生活，日子也會過得很愉快，問題是，人除了都喜歡講話、愛講話之外，因為太閒了，更糟的是還喜歡加油添醋的轉述，有時還會加上自己的想像和憑自己的感覺，原因還是因為太閒了，當然撒但也會來插一腳，所以有時一聽到別人的幾句抱怨或牢騷話語，很快就會轉述給其他人，經過不斷轉述的結果，變成是非，最後變成紛爭，再加上人人都喜歡當老大和被人尊崇的心理，因此金芯之島整天充斥大大小小的……火藥爆炸聲。

這時包立積自以為是公義的化身，常常大聲仗言俠義，靠著自己拳頭大，靠著自己拳頭硬來管教他人，不管對或不對的事，他總是會跑來插一腳，深怕自己被人遺忘似的，是一個唯恐天下不亂之人。自己卻辯解這是想替天行道，真是顛倒是非，令人不敢苟同，於是有人問神：「這些都是祢應許的嗎？」神只抿嘴一笑。

王海道僕人知道這是屬血氣的作為，不是屬神的意思，或許是撒但的作為。王海道僕人也很清楚當金芯之島的百姓，不能彼此相愛、彼此包容時，上帝就會唾棄金芯之島，沒有上帝的保護，魔鬼就有機可乘，因為撒但（魔鬼）喜歡人混亂，越混亂撒但越喜歡，在金芯之島裡，人與人之間紛爭越來越大，魔鬼的權勢也跟著迅速擴大。但王海道僕人知道自己非常懦弱，他深怕自己若去教導、糾正包立積，他會翻臉而憤然離去，又怕包立積變臉去煽動那一群作姦犯科的人來搗蛋，還有他更怕包立積的拳頭，再加上現在他是多麼的需要包立積的幫助，有時自己的私情戰勝真理，私情和真理的拉鋸，常使他心力交瘁，為此他心虛，感到不平安時，總有一個聲音安撫著他的良心，告訴他說：「神知道他的難處，會赦免他懦弱、護短包立積的罪。」

王海道僕人每當聽到這個聲音，心裡就對自己所犯的罪感到安心。王海道僕人自己造了這樣的破口，神感到非常失望且難過，這時神的靈（保護他王海道僕人身體的法力）悄悄離開了他，撒但（魔鬼）這時趁虛而入。

撒但出現

撒但開始出現在人群中，出現在人的心裡，不斷在百姓之間挑起是非說：「這個牧者靈命平庸，長相平凡，能力又差，個性憂柔寡斷，毫無作為。」

牠不斷鼓噪群眾說：「一個有口吃，講話結結巴巴，如何來拯救你們的靈魂？還有那五音不全的聲音，如何唱歌敬拜、讚美上帝？」，「想想看這人這麼爛，怎麼會是上帝差遣來的？」撒但加油添醋、分化著說。

撒但不斷對貧窮人說：「你看王海道僕人只愛有錢人。」

撒但不斷對沒學識的人說：「你看王海道僕人只看重那些有學識的人。」

撒但對著善良人說：「你看王海道僕人只關心軟弱的人。」

撒但不斷對有學識的人說：「你看王海道僕人能力比你們差，怎麼能教導你們？」

撒但不斷對公義的人說：「你看都是王海道僕人把那些作姦犯科的人帶進來，害金芯之島紛爭不斷。」

撒但不斷對罹患疾病者說：「你看王海道僕人根本沒有醫治的能力，無法使你們的病得到痊癒。」

撒但不斷對不服管教的人說：「你看王海道僕人只愛那些聽他話的善良人。」

撒但不斷對百姓說：「你看王海道僕人，能力那麼差，連四位長老都不想聽他的話也不願出來服務你們。」

撒但不斷對百姓說：「你們看王海道僕人，那麼無才無德，甚麼事都靠包立積在撐腰。」

撒但不斷對百姓說：「你們看王海道僕人甚麼都不行，唉！你們金芯之島百姓真是可憐的一群，吃不到上帝給的糧，還得忍受包立積的暴力相向。」

撒但不斷對百姓說：「你們看上帝根本不愛你們，不然怎麼可能放任王海道僕人和包立積兩人為所欲為？而且你們看好多人都不敢來聖殿了，還有好人都想搬離金芯之島。」

金芯之島百姓的心，就這樣被鼓譟挑動起來。

不滿意的聲音越來越大，甚至大家在聖殿裡公開談論王海道僕人的不好。

大家更懷疑他是不是神差遣來的僕人，有人還說他是騙子，是撒但的化身。

這話一傳到包立積的耳朵，他到處放話並找出論斷王海道僕人的人，一一教訓他們之外，甚至把一些人抓到聖殿，當著百姓面前，施以拳腳，狠狠修理他們一頓。

他甚至在大家作禮拜時，在聖殿大聲嗆聲說：「若有人敢說王海道僕人不好，我就讓他嚐嚐我拳頭的滋味，還有叫王海道僕人滾蛋的人，我要讓說這話的人，死得很難看，那說他不適任者，我就叫他永遠用『爬著』走路，還有再說王海道僕人能力不夠的人，我就拿刀割掉他的舌頭。我要讓那些愛論斷別人的人，得到一點教訓，我要告訴那些自以為是的人知道神的僕人是不容許人隨意批評的。」包立積神氣洋洋並亮著拳頭說：「我鄭重告訴大家王海道僕人的好壞，不是大家可以來論斷的，只有神才可以，大家聽到了沒有？」

百姓聞言，一時之間都愣住了，心裡吶喊著：「這是什麼世界？居然在莊嚴神聖的殿堂，暴力相向，玷汙神的殿，該當何罪？」

看著包立積用拳頭力挺著自己，王海道僕人心裡既感激又深受安慰，心想：在金芯之島，還有包立積這個公義的人來挺他。因為現在的他是四面楚歌，不知往後的路要如何走下去了。

王海道僕人想不透金芯之島百姓為甚麼會變得這樣不可愛了。

他不知這只是撒但（魔鬼）小小作為，還有更大的……在後面等著他。

這時撒但（魔鬼）在角落裡，暗暗的笑了。

聖殿的爭吵

這一天「禮拜日」，包立積出現在聖殿時又拖著一雙大大木屐，發出響亮的叩叩聲，大搖大擺走進來，他特別喜歡最坐前面的位子，但是他老是遲到，所以他一出現大家都很自然回過頭，皺著眉頭看著他，而他依然大搖大擺，一副不屑一顧的神情，瞧著大家，然後叩叩的走到最前面的位子，有時他會不爽大家而投以厭惡的眼光大叫：「看甚麼看，有甚麼好看?再看我就扁你。」

大家懼畏他的拳頭，敢怒不敢言。

這時站在聖殿講台上的王海道僕人，看在眼裡，中斷講道時間，十分客氣的對包立積說：「包弟兄走進聖殿腳步要放輕聲，以後若遲到，請你就近坐在後面的位子。」

王海道僕人合宜的教導包立積，大家熱烈拍手叫好，也等著好戲上場。

剛坐下的包立積霍然站起來，指著王海道僕人大聲咆哮：「你這個吃屎的，姓王僕人，你是甚麼東西?你居然敢管教我，好大的膽子，想想今天若不是老子包立積我包某人，你今天還能站這裡的講台上放屁嗎？」

大家屏息以待王海道僕人如何出招。

王海道僕人不怒不惱的說：「包弟兄，請尊重一下神的僕人。」

包立積嗤之以鼻，大笑說：「好一個吃屎的神的僕人，我，呸！姓王的僕人，你別以為你比我多知道一點上帝的話語，就可以嚇唬我，你還早，我告訴你，今天老子來這裡是為了保護你，不是來聽你胡說八道，聽你那不清不楚的話。哈哈……再告訴你的神已經悄悄離開你，你講的道是沒有力量和天使來作工的，只有使人感到軟弱、飢渴、想睡覺而已。哼！也不想想自己是甚麼德行，既無能又無才，真是吃屎的東西。」

包立積話一說完，他瞧見大家怒目看著他，便識相的轉身忿然離去。

眾人議論紛紛，說這是王海道僕人的報應，還是神故意透過包立積來管教他？

在聖殿裡，當著眾人面前，王海道僕人被包立積狠狠的羞辱，王海道僕人心是何等哀傷、沮喪。

他一想起包立積告訴他的話語：「神已經離開他，所講的道是沒有力量和天使來作工的，只有使人感到軟弱、飢渴。」

這是多麼殘忍的控訴！王海道僕人的心情跌落谷底。

對於包立積不把他放在眼裡，又罵他是吃屎的僕人，句句話語如針刺心坎，針針見血，讓他難堪又無法辯解，這傷害實在太大，讓他難以承受。

王海道僕人緊揪著衣襟，雙手按在胸前，似乎要防範狂舞亂跳的心衝出似的，他獨自躲在一個陰暗的地方，淚流滿面，呼求神的幫助，撫平他傷口的疼痛。

喜樂看見主人王海道僕人受到如此大的傷害，在講道上和領導百姓的無力感，而遇到挫折、被攻擊，卻只能躲在自己的洞穴裡哀傷。

喜樂看在眼裡、卻心疼在心裡，他心也跟著哀傷，卻愛莫能助，他唯一能做的就是在每一天的清晨和夜深人靜時，為主人禱告到流淚。

上帝法寶現身

這一天，夜半無人私語時，夜顯得特別寧靜的時刻，卻來了許多長相看似友善的精靈，隨著海潮聲緩緩溢入屋內，海彷彿就在家前面，精靈們手上拿著一本銀色的書籍，名字叫《上帝的秘笈—最後的法寶》。眾精靈吱吱喳喳、跳上跳下叫著喜樂，喜樂半睡半醒之間，試著睜開眼一瞧，眾精靈們你一言、我一句，場面真是囂鬧極了！不明究裡的喜樂問道：「精靈朋友半夜造訪有何事？」

眾精靈繼續吱吱喳喳、跳上跳下，推派其中一隻精靈趨前向喜樂獻上《上帝的秘笈—最後的法寶》一書。喜樂伸手接過書，摸不著頭緒的問：「為甚麼給我這本書？」，眾精靈吱吱喳喳，卻發出似友似敵的笑聲說：「不是給你的，是叫你轉交給你的主人—王海道僕人的。」，眾精靈話說完，彼此擁擠轉向門口，隨這時湧來的海潮而去，臨走時給了喜樂一個很特別的眼神，似關愛似提醒的意味，不忘再一次叮嚀說：「記得拿給你的主人—王海道僕人。」

喜樂看著眾精靈離去，還在海面上成為照海的點點火光，此時，有一股莫名的不安侵襲著喜樂的心頭。

喜樂把《上帝的秘笈—最後的法寶》一書交給主人王海道，王海道僕人看了十分驚慌的問：「喜樂此書從何而來？」

喜樂把昨晚發生的事一五一十告訴主人。

王海道僕人認為此事非同小可，他不知道來者是邪？是惡？是善？他更不明白此書是上帝的寶物，為何會流落至金芯之島？還輾轉叫精靈送給他，他猜不透神的心意是甚麼，難道祂是為了要成就某件事嗎？

而等候上帝回應的日子，其實充滿了一種令人感到煩躁的情緒。尤其在久久之後，神依然未曾有任何回應，心中那種不安、不確定的茫然，會使人不知何去何從。

看著《上帝的秘笈—最後的法寶》，王海道僕人心裡的撒但，一次又一次跑出來引誘：「傻僕人，這真的是上帝派精靈送來的，你還等甚麼？快快打開來看。」

王海道僕人心一驚，急忙斥責著：「撒但你給我退去。」

這天夜晚王海道僕人剛從祈禱密室步出，那一本《上帝的秘笈—最後的法寶》竟然飛到他面前晃來晃去。

這時王海道僕人心裡的撒但又跑出來說：「這是一本寶貝，可以幫助你得人如魚，講道如魚得水般，從此受人尊敬。」

王海道僕人剎那間清醒過來，還是心一驚，急忙斥責著：「撒但你給我退去。」撒但還是不死心的叫道：「王海道僕人，上帝是憐憫你，傳揚上帝的永生的國，居然傳揚到百姓造反，把自己弄到舉步維艱，一些好人都跑光光，而壞人奔相走告來投靠你，神看你無能無力，真是可憐至極，才送你這本法寶，為的是要助你一臂之力！哈哈！你好好想想這是不是上帝的美意。」語畢，撒但退去時，不懷好意的笑道：「我會再來的。」

凡人能克制好奇心，卻難抵擋誘惑。

引誘

這一天王海道僕人正在聖殿旁的廂房，教導酒鬼、賭徒、吸毒者如何專心倚靠神，才能完全脫離酒精、賭、毒的捆綁，以及脫離之後，不會再受到引誘而再一次墜入酒精、賭、毒的深淵。王海道僕人非常用心、認真的不停述說著，但那些酒鬼、賭徒、吸毒的弟兄有些一邊聽，一面打哈欠，有些一面聽一面左顧右盼，有些一面聽，一面打鬧嘻笑著，有些人愛理不理，有一些人始終懶洋洋的，這情形剛好被走進門來的包立積瞧見，他實在看不下去這些坐沒坐相，站沒站相的混蛋，一時怒氣攻心，一把抓起酒鬼、賭徒、吸毒者，一手拿起鐵棍把他們統統重重毒打一頓。

王海道僕人被突忽其來的暴力動作嚇壞，他大聲喊叫：「包立積你不可以對這些弟兄姊妹動粗。」

「呸！王海道僕人你懂甚麼？跟這些人講真理（上帝的道路），談愛的教育，簡直是對牛彈琴，狗屁不通。」包立積不屑道。

「我在教導我的弟兄、我的百姓，請你走開。」王海道僕人生氣著，手指著門。

「王海道你說甚麼?」包立積大聲吼叫並亮出拳頭。

嚇壞了的王海道僕人，講起話來的結巴，更是嚴重：「這個嘛！我……甚麼都沒說。」開始胡亂譪了。

包立積瞧王海道僕人一副噤若寒蟬的模樣，滿意地點點頭，露出「原來如此」的滿意表情，隨即離去。

王海道僕人用手拂去額上豆大的汗水，鬆了一口氣，但心裡非常不快的說道：「這是甚麼世界?天呀！」

對於包立積的暴力，王海道僕人毫無招架之力，沮喪到極點!心不停在淌血。

躲在自己的洞穴裡哀傷的王海道僕人，這時心裡的撒但又出現，化身為公義之神說：「王海道僕人你看你這麼盡心、盡力、盡性，這些人居然不懂感恩還來攻訐你、打壓你，你真是可憐啊！」

王海道僕人噙著眼淚難過至極!默默無語。

「怎樣?現在想不想看看那一本《上帝的秘笈—最後的法寶》?」

「不用害怕，這是神給你的東西，神是不會害你的。」

「它是用來幫助你度過難關的，也是為了補償你所受的苦。」

「神就是要你去看《上帝的秘笈—最後的法寶》，否則怎麼會每次在你最難過的時候，它就出現了？」

撒但不停誘惑說：「來吧！它就在你的面前，它是很棒的，它在等你哦！」

企圖打動王海道僕人好奇的心。

王海道僕人動也不動，眼淚不聽使喚的默默往下掉。

撒但見王海道僕人一直沉浸在傷心中並無反應，牠就識相離去。

王海道僕人想到自己走到這樣慘遭人欺壓的光景，內心怒氣難消，情緒失控，大聲喊叫：「神啊！你到底在那裡？讓我慘遭人欺壓，這是你差遣我來金芯之島的目的嗎？」

語畢，非常沮喪著，重重垂坐在地，一聲又一聲長長嘆息聲，訴說著孤立無援，內心惶恐無助。

撒但又趁機出來，舞動著那一本《上帝的秘笈—最後的法寶》說：「可憐的孩子來吧！那一本《上帝的秘笈—最後的法寶》，就在你的眼前，快快打開。」

他忍不住抬頭看了一眼，撒但居然化身為精靈，從書架上把書拿到王海道僕人眼前。

化身的精靈吹一下，書便翻開來；王海道僕人內心百般吶喊著：「我再也受不了百姓的嘲笑，受不了包立積的窩囊氣，我不要做一個讓人瞧不起、最卑微的僕人，我要自己變成一個有能力、有諸般恩賜的人，我要翻轉這個的世界，我要成為人人敬重的僕人。」打定主意，王海道僕人心一狠，念一轉，心裡的撒但也順勢掙脫上帝，在王海道僕人身上施的法力，隨著他把一切都豁出去，撒但悄悄出來當他生命的掌權者，這時王海道僕人已經讓神在他的生命裡靠邊站，而神的話語也叫它閃一邊去，眼前的他，只想睜亮眼睛，仔仔細細看那一本《上帝的秘密—最後的法寶》，並且用心牢牢記住。

這真是的是人的盡頭，上帝的開頭嗎？誰又能知道上帝在每一個人生命中的作為呢？

兩種寶貝

《上帝的秘笈—最後的法寶》第一篇：增加法力的兩種東西—「樹之冰」、「寶貝星星」。

如何得到「樹之冰」：

冬天來臨的第一天，在風的會合之處，太陽出來那一瞬間，伸展雙手，用著全身力吸取太陽所散發的「光」能量，一直吸到風起雲湧，形成雲海，再等風吹起，雲霧來結霜形成「霧淞」，樹上結成晶瑩剔透的樹掛之冰，取下冰（絕不可用手去攫取），吞服下肚後，馬上擁有兩種力量，第一、如神奇超大力士般的力氣，雙手可以搬移一座大山，第二、變得身輕如燕，讓你有來去自如的輕功，不過當你要使用大力士或輕功的其中一種法力時，你要大聲呼叫二次：「寶貝輕功出現」或者是「寶貝大力士出現」。當這兩種寶貝聚集在一起，它們又會形成另一種法力的力量，就是當你在危急時，只要全神貫注，用力把五官皺成一塊，重重從口中吐一口氣，裊裊寒霧會瞬間將對方凝結為冰凍人，如果在五分鐘內未解凍，對方會變成冰柱龜裂成碎塊，化為一攤水這叫「冰凍氣」法力。

如何得到「寶貝星星」：

在每個月圓、夜黑風高時，某夜晚的十二點整，這時會有一顆顆星星從天上垂吊下來到半空中。這些星星垂掛下來時，有高、有低，有的似乎近在眼前，隨手可摘，有的，似乎遠在天邊，遙不可及，滿天星光燦爛會令人眼花撩亂，感到目眩，這時你只要抬頭專注其中一顆最耀眼的星星，趁著它垂掛下來時，一個不小心或得意忘形，還是它興奮過度，一時之間忘了回家而停留下來時，你要以迅雷不及掩耳的速度，跳上去攫取下來。這一顆星星會像夜明珠般透明，在夜晚發出的光像一道強烈的鐳射光，這「寶貝星星」正面的光，會引導人在夜晚行走時，照亮前方的路，讓人不會迷路，遇到陷阱或攻擊時，它會發出「嗶、嗶」聲來警告你。而反面的光，如一隻劍形的長長強光，能把它當利劍使用，會使敵人眼睛灼傷，是可以殺死人的。危險時，你呼叫它：「寶貝星星出現！」，它會像飛鏢似的射出一支一支白白亮亮的利刀攻擊對方，刀刀擷取人命。

引誘成功

王海道僕人繼續往下看第二篇、第三篇、第四篇、第五篇……一直到翻第十篇〈掩蓋罪惡草的秘密〉和〈如何盜取掩蓋罪惡草〉。王海道僕人只讀得到第一篇、第十篇，其他章節，都是一片空白，他心想是自己功力太淺，以致無法解讀出上帝所設下的密碼。其實那兩篇的法力對他來說已經很夠了。

有關《上帝的秘笈—最後的法寶》一書，傳說它已經遺落了數千年，而今它竟出現在金芯之島，沒有知道它為甚麼突然現身，但是聽說它一現身必有災難來臨，是真？是假？只有上帝知道。

傳說上帝曾經在它遺失不久後，派人尋找過，但是一直沒有找到，於是上帝就對它施了法，讓看過它的人，只能學會一、兩種法力，以免他學會《上帝的秘笈—最後的法寶》的全部之後，用來壯大自己的勢力範圍，危害整個宇宙。還有凡學會兩種法力的人，若是心術不正，都會被魔鬼附身利用，他的下場，當然是……。

王海道僕人看完後，恍惚是打了一針強心劑，王海道僕人心想有了這兩種東西，讓他如鷹展翅上騰，從此可以呼風喚雨，甚至可以掌控金芯之島，成為「強者的島主」，他忍不住仰天長笑，大聲呼叫：「世界將要屬於我哈哈……真是天助我也。」

他開懷且邪惡的笑著說：「甚麼是真理？甚麼是公義？這些都是有錢有勢的人說的專利。」「如果這世界真的有公義的話，還須要那麼多神國的僕人嗎？哈哈……。」

從今天起，我王海道就是真理，就是公義，哈哈……。

喜樂聞言嚇得半死，心想主人王海道僕人說的話，怎麼這麼像魔鬼說的話？

而躲在角落偷看的撒但也笑了。

撒但得意的笑：「人是抵不過誘惑的，是抵不過試探的，一旦擁有法力，飽嚐甜頭後，會食髓知味，人就會不知不覺陷入罪的深淵，被罪綑綁，成為罪的奴隸。上帝最笨，居然相信人，給人自由意志的選擇，這是德政，還是仁慈，或……騙人的招數，哈哈……還是我最厲害。」

王海道僕人一開始真的只是想淺嚐即止，想改變一下自己身處逆境的難處。

只是人一旦嚐過法力和權力的甜頭，就會上癮，像吸毒者一樣，一吸就上癮，難以自拔，畢竟那種被尊重、被捧在雲端上、被需要的滋味是何等美妙，令人飄飄欲仙。哈哈……這一股肉體的心靈被滿足的滋味是何等快樂，人還是人，擁有權力和法力，雖然像踩在雲端是那麼不實在而虛空，但這屬於少數人所能得到神的恩典，誰不想，誰不愛。肉身的王海道僕人當然也不例外，畢竟他已經是人。

王海道僕人用心等待時機，小心翼翼照著書上教導的方法，終於得到那法力。學成法力的那一天起，心裡那個驕傲的靈，不禁跳出來宣告說：「從今天開始，我王海道僕人是萬人之上，一人之下。金芯之島從今天開始就是我王海道的，哈哈……。」

這時，那一本《上帝的秘笈—最後的法寶》，竟然在神不知、鬼不覺的情形之下，從他房間的書架上，自動飛走了，飛向何方，沒有人知道，或許它已經不那麼重要了。但是上帝說過：「《上帝的秘笈—最後的法寶》一出現，上帝必有作為，祂絕不讓它白白來去。」

煥然一新

從得到法力那一天起，他蛻變成另一個人。

更讓人吃驚的是王海道僕人口吃不再那麼嚴重，走起路不再彎腰駝背，說話聲音更是鏗鏘有力，充滿自信神情，眼睛變得炯炯有神，在聖殿中講起道來，充滿活力，只是感覺有一股魔鬼的邪氣，在他的生命裡流竄著，魔鬼也透過他的口在聖殿中到處行走，但是能嗅出這股魔鬼的邪氣之人，也只有那四位靈命高的長老和墮落天使包立積。

這時百姓的嘻笑聲不再此起彼落，大家感覺自己生命彷彿得著了依靠，只是聽完王海道僕人的道（傳講上帝的道路），心裡的靈被挑旺，但總覺得缺少一種平安的感覺，沒有人知道為何，也沒有人懷疑這是魔鬼的作為，他們只看到王海道僕人驟然改變，生命好像被更新，他們相信這一定是上帝所行的奇蹟，因為上帝愛王海道僕人，所以醫治他的缺陷，和賜給他講道的恩賜，王海道僕人能得到神的醫治和恩賜，這是何等的福氣和恩典，從此對王海道僕人刮目相看，肅然起敬，從那一天起，不管王海道僕人說甚麼，百姓都不再有懷疑和意見。

這種差別待遇簡直是天壤之別，王海道僕人心裡感嘆的想：「真是如人飲水，冷暖自知。」但是這就是他所要的感覺與尊敬。

包立積看到王海道僕人整個人煥然一新，人人對他刮目相看，心想，他一定得到甚麼寶貝，生命才能如此徹底轉變，他迫切想知道箇中的秘密，順便向他分一杯羹，於是就跑去找王海道僕人，一見到王海道僕人的面，就開門見山的問：「王僕人你失蹤數日，就改頭換面，變得完全不一樣，你是得著甚麼寶貝？拿出來分享一下吧！」

王海道僕人客氣微笑著：「包立積弟兄你真是愛說笑。我哪有甚麼寶貝？」

「你不用裝了！別想騙我，門都沒有啦！你知道我是誰嘛！」包立積弟兄打開天窗說亮話的直說。

「你是誰呀？」王海道僕人心裡想，管你是甚麼人，我可不再是當年那一位懦弱無能的僕人。

「我包立積，可是從神國來的墮落天使。」包立積大聲嗆聲，表明身分。

「哦！真沒想到你，還是真有來頭，難怪說話這麼囂張。」王海道僕人心平氣和、淡淡的說著。

包立積看他一副無動於衷，沒有任何反應，真是難以置信：「咦！你不怕我了。」

王海道僕人得意的仰天大笑說：「怕你，哈哈……，過去那位怕你的王海道僕人已經死了，現在的我，天不怕、地不怕，才是真正神的僕人。」

包立積聽了相當不爽，十分憤怒的往王海道僕人臉上揮拳過去。

王海道僕人伸手輕輕一抓、輕輕鬆鬆擒住他的手而邪笑著：「你這拳頭只適合用來對付那些講道理的善良百姓，對我這個有上帝法寶護身的是沒有用的，哈哈！」

包立積大吃一驚，他的力量大無比，硬的不行，只好用要脅恐嚇著：「我要告訴眾百姓，你已經被邪靈附身，叫大家將你逐出金芯之島。」

王海道僕人聞言，鬆開手，指著包立積，狂笑不已：「就憑聲名狼藉的你，也不去照照鏡子，看看自己一臉蟑頭鼠目的德性，整天到處為非作歹，誰會相信你的話？」王海道僕人順勢輕輕提起他的人，又遽然把包立積重重放下，包立積跌倒在地，慘叫一聲，王海道僕人又伸出一隻腳壓住包立積。

「你不用太囂張，我一定會想辦法除掉你。」狼狽至極的包立積不甘示弱的大喊。

「我等你哦！」王海道僕人不屑、嘲笑著。

頓時，包立積像隻戰敗的公雞，只能任人宰割。

王海道僕人搖搖頭：「想不到我們金芯之島的老大—包立積，也會有這一天，會落為我王海道手下的敗將，這真是風水輪流轉，哈哈……」王海道僕人露出假惺惺的憐憫又嘆息的表情。

「你……」包立積咬牙切齒的叫著。

王海道僕人繼續搖搖頭笑著：「你這個人渣，看在你曾經為我賣命，替我主持正義的份上，今天就放你一條生路，但是記得不要讓我再看到你，否則我會讓你永遠看不到金芯之島的太陽出來，快給我滾，吃屎的、人渣。」王海道僕人擺出一副厭惡的表情說著。

「王海道你給我記住，我是言出必行的人，此仇不報非君子。」包立積用力擦去嘴上的血，咬牙切齒，悻悻然的說道。

「吃屎的，廢話少說，快給我滾，不然等我心突然狠起來，我就讓你變成一灘水。」不屑的看著他。

包立積立刻狼狽的逃走了。

紅球

這一天喜樂跟阿雪在聖殿左側的花園玩，突然有一顆紅咚咚又圓滾滾的球兒，不知從哪裡跑進來，一碰一碰滾到阿雪眼前，阿雪歡天喜地汪汪叫，而這顆紅咚咚又圓滾滾的球兒，居然沒有停止的意思，一直往前滾，阿雪只顧著追著球兒跑，喜樂見狀大聲叫著：「阿雪回來。」，牠似乎沒有聽到主人的呼叫，繼續跟著球兒往前去，喜樂只好去追著阿雪，球兒滾啊滾，滾到花園的另一端，那圍著高高欄杆的森林深處，球兒滾啊滾，居然從巨大的鐵欄細縫滾過，一直到倉庫的門前，球兒才嘎然停止不動，阿雪盯著球兒不停汪汪叫。阿雪面對高高欄杆，把身體用力一縮，越過鐵欄也跟著球兒進去，這時紅球突然消失不見了。

喜樂追著過來，他赫然才發現這裡禁止閒人進入，他看這荒廢已久的倉庫外表，很像是房子卻是個儲藏的倉庫，為何是一個禁地?他左看看又右瞧瞧，祇不過是一座年久失修的倉庫而已，喜樂發揮自己的想像力；想人們大概怕它破舊不堪，斷垣殘壁崩塌下來，會砸死人，所以人們才不准閒人進入，只不過四周長得高高又壯壯的樹木枝繁葉茂，遮去陽光，濃密的樹蔭，圍著斑駁不堪的建築，為此地平添幾分神秘，即使是白天也給人陰森森的感覺。

這時正要彎下身抱阿雪時，喜樂聽到從倉庫裡的地底深層傳來拖著重重鐵鍊的移動聲，並發出似人又非人且淒厲的嘶吼：「放我出去，放我出去。」不斷重複著。喜樂被嚇得張口結舌，一會兒才回過神來，阿雪也汪汪狂叫著，喜樂原以為是自己的錯覺，後來看到阿雪狗臉失色的模樣，不禁想，大白天怎麼會有這種聲音？內心湧起一股欲探究竟的好奇心。

於是走到倉庫的門前，推開那一扇殘破不堪的木門，躡手躡腳往屋裡走進去，裡面隔著一間又一間的房間，喜樂一間間的探看，裡面都空空蕩蕩的，處處斷垣殘壁，雜物散落滿地，牆上、柱子上是大大小小蜘蛛網密佈著，喜樂小心翼翼走著，心想這一間間倒像關囚犯的密室。只是從他踏進這年久失修的倉庫起，就隱隱約約感覺到有一個腳步一直跟隨著他，他若走快，那腳步跟著快起來，有時他就倏然停下，這時它也跟著停止，喜樂心裡一直努力告訴自己，這一定是腳步的迴盪聲，不必自己嚇自己。

但隨著那沉重碰碰腳步的移動，倉庫的建物一磚一瓦一木，都一一被震落地，喜樂緊緊抱著阿雪，提心吊膽，深怕一個不小心便會被掉落物打中，喜樂怕阿雪亂汪汪叫，便摀住阿雪的嘴巴。每跨出一步都是戰戰兢兢的，四處張望一下，擔心那一磚一瓦一木是否會突然掉下來，以及看看地底是否破了洞，深怕一不留神便墜入無底深坑。

視察過全部的小房間，走到盡頭，正準備轉身回去時，那重重、低沉沉、濃濃的鼻喉音呼叫著：「是誰？誰在上面？」，似張牙爪舞、裂嘴吼號，一聲聲似要將人吞滅般，這聲音一會兒在東、一會兒在西，一會兒又是重重的撞擊聲，乒乒乒乒，讓人毛骨悚然。

喜樂心裡有一些害怕，開始跨大腳步疾行，匆忙之間沒留意，踩到那朽腐的地板，一腳深陷下去，喜樂驚惶叫：「啊！」一聲。他用力想把腳抽出，將要抽出之際，突然被不知何物緊緊抓住，腳陷得更深，喜樂心一驚，大叫：「阿雪救命啦！快下去我的腳下面。」，這時在喜樂旁的一根柱子上，一隻毛茸茸大蜘蛛，不停向喜樂張牙舞爪，喜樂目不轉睛，注視牠的一舉一動，以便避開牠突如其來的攻擊，毛茸茸大蜘蛛忽上、忽下撲向喜樂，喜樂總是一次次擺動身子，小心翼翼閃躲，屢屢揮空的大蜘蛛，突然離開蜘蛛網，順勢爬下來，到達地面，發出一陣一陣怪異聲，一瞬間，在牆上、在柱子上，不論大或小的蜘蛛一起爬出蜘蛛網，向喜樂這邊爬來，喜樂眼見一群群黑麻麻、毛茸茸的蜘蛛排山倒海般爬來，嚇得一臉慘白大叫：「阿雪啊！一大群毒蜘蛛來了，動作快一點，不然我們會沒命。」

機伶的阿雪，立刻從主人肩上跳下來，順著大腿滑下去，看見兩隻長長見骨、似枯乾的爪子緊緊抓住主人的腳，阿雪居然不知道什麼是害怕，拼命往那似枯乾的爪子猛咬，那似枯乾的爪子流出綠綠、濃濃的液體，牠慘叫：「唉呀！」縮回爪子，阿雪飛快跑上來。

喜樂迅速抽出腳來，喜樂顧不得腳傷和鞋子掉落了，抱著阿雪連滾帶爬，拼命往外跑，跑到倉庫最前面的房間，一隻鮮紅欲滴大鸚鵡竟從空中俯衝而降，穿過屋頂破洞而下，張開血盆大嘴，伸出銳利的爪子，向著喜樂和阿雪攻擊，坐在肩上的阿雪眼尖瞧見，立刻跳下來抱著主人喜樂，向左轉三圈變不見，讓那一隻鮮紅欲滴的大鸚鵡撲了空，撞到地面，嘴巴裂掉了，慘叫一聲，倒臥在地，唉唉叫著。

阿雪和喜樂跑出倉庫外，狂奔到花園裡，阿雪立刻向右轉再轉四圈現身，兩個倒臥在青青草地，大大的喘一口氣，阿雪依偎在喜樂的身體上。

喜樂向阿雪抱怨著：「都是你愛玩，跟著球亂跑。」

阿雪抗議：「汪」叫一聲。似乎在說：主人你也一樣好奇。

「喲！你好像不服氣。」

阿雪居然點點頭，「汪的」叫一聲。

喜樂瞧他一副委屈的模樣，忍不住笑起來，摸一摸阿雪的頭說：「好、好，都是我的錯。」

阿雪笑起來又開始轉圈圈。

喜樂看著阿雪轉圈圈時居然又看到那一顆紅咚咚又圓滾滾的球兒，在遠處滾著滾著似乎要朝向花園這裡來，喜樂嚇得霍然站起來，立刻抱起阿雪，三步併作兩步衝進聖殿裡。

喜樂氣喘吁吁，進了聖殿裡，喜樂還是不放心，一面奔跑一面往回看，那一顆紅咚咚又圓滾滾的球兒，是否有跟過來。這時王海道僕人也慌慌張張從「藏書閣」走出來，兩人剛好迎面而來，互撞一起，兩人同時發出「唉喲！」一聲，感到有一點痛楚的王海道僕人，有一點不悅喜樂的冒冒失失而責罵他：「喜樂，我不是說過嗎？在聖殿裡不可以奔跑。還有你連跑步都不專心，你到底在想甚麼？」

「是的，主人對不起，喜樂知錯了！」喜樂一面道歉，頭不時往後張望。

「喜樂，瞧你一副慌張、心神不寧的樣子，是發生甚麼事？」

喜樂跑到窗邊東張西望一下：「主人，我們回去家裡再談。」

王海道僕人看喜樂驚懼的神情，又想著自己拿著重要的文件，一口答應：「好，我們走吧！」

與魔鬼談話

喜樂回到家迅速將門窗關好，大大吁了一口氣，心情稍稍鬆懈下來。

「喜樂，你到底發生了甚麼事呢？」王海道僕人迫不及待想知道真相。

「我發現一個天大的秘密！」

「甚麼秘密，令你如此驚慌？」

「在倉庫地底有撒但存在！」

「你怎麼知道牠是撒但？我看你是在胡思亂想。」王海道僕人懷疑著。

喜樂看主人懷疑的表情，只好把剛才發生的事，一五一十告訴主人。

王海道僕人眼神閃過一絲奇異的光芒，嘴角露出一抹詭譎的笑：「我知道了，其實我早就懷疑倉庫地底裡藏著不可告人的秘密了。」

「主人，現在我們該怎麼辦？」喜樂緊張的問。

「你就當作一切都沒有發生過，記住！這事絕對不可告訴任何人，以免大家受到驚嚇，我會找時間去看看。喜樂你記住！這事絕對不可告訴任何人哦！」王海道僕人不放心，再三叮嚀著。

「主人，我知道了，我會守口如瓶的。」喜樂保證著。

這天的夜裡靈修後，王海道僕人感到有些腰酸背痛，就到外面走走，去透透氣，在穿過那一段約五十來步的通道時，又聽到，從地裡鑽出來嚎號混著撕裂的叫聲：「放我出去！放我出去！」，雖聲音是那麼微弱，但清晰入耳。

王海道僕人趴下後將身體貼近地面對地底的東西說：「是誰在下面？」

「是我。」綠撒但很高興終於有人回應牠。

「你是誰？」再一次問

「我是好人，王海道僕人您好！」綠撒但興奮的回答

王海道僕人明明聞到是撒但的味道，不屑的說：「你明明是撒但，為甚麼叫好人，你又怎麼知道我叫王海道僕人？」

「哎呀！你很煩，連這個也要懷疑，不過告訴你，我這個『好人』的由來也無妨，『好人』是我的名字，是一位把我鎖鍊在這裡的神國僕人幫我取的，他希望我能做一個『好人』，至於知道你叫王海道僕人，是因為我天天都聽到百姓在叫你。」

「哦！原來如此。你—好人為什麼會被鎖鍊在地底下？」王海道僕人疑惑不已的問。

「你不要問那麼多，只要你放我出去，我就給你講道的能力，也讓你的口吃不見。」綠撒但利誘著王海道僕人。而王海道僕人大大吃了一驚，牠為甚麼知道他心裡所想所求的，這真是太好了，這可是他日日夜夜夢寐以求的東西，現在快要美夢成真，心裡暗爽不已，不過他想到既然要跟這撒但相交，還是要先弄清楚它是屬於魔界的哪一種撒但，才能確定牠有沒有這種給他講道能力和使口吃不見的魔力。

「喂！王海道僕人你還在考慮甚麼？還是你嫌這條件不夠好？」

「不是……我是想知道你到底是不是好人？」王海道僕人故意說。

「你真的很煩嘍，王海道僕人你不知道大部分的壞人，都說自己是好人，難道你會說自己是壞人嗎？」

「哦！是，言之有理，但是我想問你到底是屬於魔界的哪一種撒但？」王海道僕人頗有同感並且不客氣的挑明問。

「你問這個要做甚麼？」綠撒但—好人厭煩的問。

「我是要確定，你是否擁有可以給人講道和使口吃不見的能力。」

「我是魔界的綠撒但，我們最厲害的，就是專門給人講道和讓口吃不見的能力。」

綠撒但—好人直接說。

王海道僕人欣喜萬分的說道：「真是太好了。」

「那你就快來放我出去。」綠撒但—好人心急透頂的叫著。

「這個嘛！我要再考慮一下。」王海道僕人抓住綠撒但—好人急於想要自由的心理，故意刁難，其實他是另有打算。

綠撒但—好人眼看王海道僕人遲遲沒有答應，害牠等得很不耐煩，於是又開出更好的條件說：「只要你放我出去，那我再給你，我的靈魂。」

「你的靈魂給我，有甚麼用處？」王海道僕人稀奇又不解的問道。

牠狂笑不已：「你真蠢，連這個也不懂，給你我的靈魂之後，我就變成你的奴隸，你隨時隨地都可以使喚我，而且我所有的法力都變成你的了。」

「你這樣做不是太吃虧了？」王海道僕人不明白牠到底有何用意。

「吃虧，總比被禁錮在這個暗無天日的鬼地方好。」「綠撒但—好人」一心一意只想離開，只要能離開地下密室，牠願意付出一切代價。

「這條件夠不夠誘人？」綠撒但問著。

「很誘人，但是我要如何相信你的話？」王海道僕人狡詰的問。

尋找魔鬼

「只要用你的『星星寶貝』在我眉心的地方，輕輕一按，就會烙印出一個上頭有著『王』字的星形，我將永遠受到你的箝制，永遠服從你。」綠撒但—好人為了一個自由，不得不出賣自己又陷入另一個不自由，只因牠想見到光，想得快發瘋。

「真的？」，王海道僕人驚喜著說：「好，其實以我目前的法力，我也不怕你，但是多你這個『撒但—好人』武器可以使用，對我來說是如虎添翼。這表示世界越來越靠近我。」

綠撒但心急的叫道：「那你快來！」

王海道僕人據實以告：「但是我並不知道往地下室的通道在哪裡。」

「在倉庫裡第四十四號房間的地板下。」

王海道僕人立即站起，進房間更衣和拿「星星寶貝」，轉身要離去之際，

躺在床上尚未睡著的喜樂問：「主人，夜深了，你要去何處？」

王海道僕人微微一愣：「你還沒有睡著？」，遲疑了一下：「我要去倉庫的地底

下。」

「主人你幹甚麼?那裡很危險的!」喜樂嚇了一跳。

「你放心吧!我是有法力之人，你要不要跟我一起去?」

喜樂猶豫了一下:「好。」

跟著「星星寶貝」發出的亮光，往花園深處的那一端走去。

王海道僕人和喜樂靠著「寶貝星星」正面的光，照亮前方的路，引導兩人行走，讓他們不會迷路，或是遇到陷阱或攻擊時，王海道僕人希望能靠著它發出「嗶、嗶」聲來警告，使兩人提高警覺，以免遭遇不測。

夜深人靜，走在這條被雜草蔓生所淹沒的小徑，密密麻麻的樹木，濃密枝繁葉茂，遮去月色的光，在這裡夜晚突然變得異樣的沉寂，踩著落葉滿地，發出窸窸窣窣的聲音，就像是地底有許許多多妖魔鬼怪發出的叫聲，聲聲都使人毛骨悚然，不禁提心吊膽，又得小心翼翼的踏出每一個腳步，以免踩到妖魔鬼怪，被牠一口吞噬了，一小小段路，兩人恍惚走了一世紀之久。

地下密室

到了倉庫前，王海道僕人快速推開殘破不堪的木門，躡手躡腳往屋裡走進去，沿著房間的門號，一間一間往內走，到了最後一間房間前，發現它的門號早就不見了。

王海道僕人和喜樂兩人實在無法確定這最後一間房間是不是第四十四號房間。

兩人略為遲疑一下，便決定走進去看看，裡面散落滿地的雜物，他們倆只好一一將它們搬開，又發現厚厚的灰塵覆蓋了地板，他們倆只好用腳慢慢的撥開，這時看見靠近左邊牆壁的地板上，有一塊漆著紅色的鐵板，雖然顏色已經斑駁退色了，但依稀清楚可辨識它是個入口的地方。

兩人興奮著立刻趨前合力想將它扳開，但它實在太重了。

王海道僕人立刻叫喜樂退後，由他一人來搬，喜樂愣了一下，王海道僕人看了看喜樂的表情：「你不用懷疑，我是有法力的人。」

喜樂遲疑一下，點點頭便退後了。

王海道僕人大聲呼叫二次：「寶貝大力士出現。」後，他的雙手就像吸鐵一樣，立刻吸起一塊沉重的鐵板，將它挪移一旁。

兩人迅速遁入那暗無天日又似乎深達地獄的地下密室，沿著螺旋的階梯一直往下深入，愈接近地下密室，愈加明亮起來，看得清楚地下密室的一切，它寬寬闊闊完全被水淹沒，只是在水的中央，地勢較高，形成一條通道，王海道僕人和喜樂發現那水居然有流動的聲音，這是不是表示水是活水？兩人都大吃一驚，這水到底從何而來又往哪裡去？他們實在沒時間去探看，因為有一股濃濃的撒但特有的味道撲鼻而來，還有一種忽大忽小觸角的呻吟聲裡夾雜著忽上忽下、鼓動起伏的呼吸聲，這意味著撒但越來越靠近了，還是……氣氛越來越是凝重……。兩人的呼吸也隨著越來越急促，王海道僕人和喜樂彼此都能相互聽到心跳的聲音。

這時王海道僕人突然開口：「我是有法力的人，怎麼還跟一般人一樣怕牠？真是笨呀！」，「喜樂聽到我的話嗎？有我在，我會保護你，你不要怕。」

「是的，主人。」喜樂安心的回答。

綠撒但—好人，聽到有人講話聲，立刻開口：「是誰？是王海道僕人你嗎？」

「是的，是我王海道僕人，綠撒但你在哪裡？」

「我就在你的前面不遠的地方。」

「哦！我現在就去救你。」

王海道僕人和喜樂兩人加快腳步不久，兩人發覺怎麼跑了老半天，人還是在原地，停下來用走的，還是一樣走來走去，都是老地方，好像永遠走不出去似的。

王海道僕人忍不住呼叫：「喂！綠撒但—好人，現在我們好像就在你附近而已，可是怎麼走，好像一直走不出去似的。這是怎麼一回事？」

「你們看看自己腳下踏著的，是不是一塊亮亮卻像水一般透明的板子？它叫『滾動板』。」

由於兩人只顧著向前跑，從未留意地上的異狀，經這麼一提醒，兩人不約而同往地一看，真的是如綠撒但—好人所言。

與魔鬼同行

王海道僕人問：「綠撒但—好人，那我們現在該怎麼辦？」

「只要你們兩人手牽手，先深呼吸一下，再用力一起跳，即可離開那塊『滾動板』。」

「哦！知道了。」王海道僕人鬆了一口氣的回答。

剛離開「滾動板」之後，兩人開始留意地上，結果居然看到一群群紅咚咚、粗腿肥大的紅螞蟻，排山倒海般從四面八方爬來，喜樂看到滿屋子到處都是一群群的紅螞蟻，嚇得冷汗直流。

王海道僕人不慌不忙，全神貫注，用力把五官皺成一塊，重重從口中吐出一口氣，梟梟寒霧瞬間將滿屋、滿空間的一群群紅螞蟻，凝結為冰凍蟻，就在快到五分鐘時，這群冰凍螞蟻即將龜裂成碎塊，化為一灘水時，居然緩緩升起一團火，而這一團火剛好照亮被鎖掛靠在牆角上的綠撒但—好人，但只是一瞬間即熄滅了。

當王海道僕人和喜樂走上前要跟牠講話時，牠居然不見了。王海道僕人再一次拿出「寶貝星星」，用它正面的光，照亮前方，四處尋找卻甚麼也沒有看見。

只好大聲喊叫：「綠撒但—好人你到底在哪裡？」

「唉呀！兩個笨蛋，我就站在你們前面。」

「可是我們怎麼看不到你？」，但是有聞到很嗆鼻的綠撒但味道。

「我被施了『透明人』法。」

「那我們要如何救你？」

「你們往後退，退到門檻外，站在那裡大聲說：『跨不盡門檻，跨不盡門檻。』連續唸兩次，然後用身體去撞它，『透明人』法，自然就破解了。」

王海道僕人依他所言照做時，

只見一片霧般的物體急轉而下，卻在瞬間消失。

綠撒但—好人就站在兩人眼前，喜樂眼睛一亮說：「你就是綠撒但—好人嗎？」

「是的。」綠撒但—好人快樂的回答。

細看「綠撒但—好人」的模樣，只見兩隻長長見骨似枯乾、伸縮自如的手臂，露出俐落爪子，全身乾乾瘦瘦的又有一點傴僂，雙眼大而無光，喜樂上下打量一下：「傳說中的綠撒但—好人不是長得很可愛嗎？」

「哈哈……你好像對我的身分感到很懷疑，對不對？」

喜樂怯生生的點頭。

「哈哈……你忘了我已經被關了幾百年，最主要我們是靠吃精靈來美容養顏兼壯身的，沒有精靈，我的身體就會迅速衰殘，你知道嗎？但是……哈哈，今天之後我又會變成一隻可愛迷人的……。」

「好了，好了，綠撒但—好人你不要再說了！」王海道僕人故意打斷牠的話。

王海道僕人轉向喜樂說！「現在沒你的事，你先回去，我要跟綠撒但—好人談一談。」

喜樂征了一下：「是，但是主人你要小心！」

「我會的。」他面帶笑容的回答。

王海道僕人看著喜樂完全離開地下密室後，才開口問：「綠撒但—好人你被鐵鍊鍊住，那為甚麼我常常聽到你拖著鍊子走來走去？」

「哦！這鍊子是伸縮的，被施了法，所以只有在單號時才可以拖著走。」

「噢！原來如此，那我現在就用『星星寶貝』幫你破除魔咒。」只見王海道僕人在綠撒但的眉心地方，輕輕一按「嘶」一聲，果真鑲嵌出一個星形再烙印上一個「王」字，王海道僕人見狀，不禁笑了！也在這一剎那間，綠撒但—好人全身的鐵鍊斷開落地。

綠撒但—好人興奮的轉轉頭、伸展四肢並狂叫：「哈哈……我自由了，我終於自由了。」

王海道僕人不客氣的叫道：「綠撒但—好人先來拜見我這主人一下。」

「是，綠撒但—好人拜見主人。」

王海道僕人忍不住心中的得意，哈哈大笑起來：「我現在要你的靈魂，還有講道的超能力跟醫治我的口吃。」

「主人請你張開口，拿著『星星寶貝』向我照亮並說『心甘情願的綠奴隸請入內』，重複二次即可。」

王海道僕人照牠的話語去做，這時只見綠奴隸化作一陣陣煙霧，那一縷縷的輕煙飄進王海道僕人的口中。

王海道僕人身體上上下下向外顫動著，不一會兒便恢復正常，說：「從今以後我就是金芯之島裡的老大，誰也奈何不了我，哈哈……。」

王海道僕人發現他的口吃不見，全身充滿一股奇異的力量，這真是一個新的人生開始。

王海道僕人準備大大邁開步伐欲離去，卻看到另一個出口，驚訝的說：「咦?居然我的房間底下也有一個出口。」

和王海道僕人身體合為一的綠撒但：「那一個出口已經被施了魔法，我只要一靠進那裡，就有一股強大的電流，向我襲擊，電得我呼天搶地，痛得屁滾尿流。」

「你千萬別靠近哦！」綠撒但顫抖著說。

「哦！」一聲，心卻想這裡過去一定發生不少的事。

略為沉思一下，便昂首闊步離去了。

吳小晏長老的家

這一天王海道僕人經過吳小晏長老家，嗅到一股來自邪靈的怨氣。

他逕自走進來吳小晏長老的院子，晃了一圈，發現這房子中間莫名凸起，而整棟房子的透氣口之處，如窗戶、煙囪、門板下，不停飄出煙霧、還有一股異常的涼風圍繞。

王海道僕人正想進門去，發現大門反鎖著，他輕輕敲了一下，半响之後，居然沒有人回應，王海道僕人不死心便用手掌大力拍擊門板，發覺裡面的吳小晏長老還是沒有回應。

王海道僕人很自然的走到窗戶邊，想從它探看裡面的情形。

從窗戶一望進去，看到屋內許許多多一縷縷白煙似的精靈樣子，飄來飄去，又好像在排隊等待甚麼呀！這時有一縷白煙似精靈對著吳小晏長老的鼻孔，正在吸取他的元氣，只見吳小晏長老很喘、上氣不接下氣般，呼吸很困難的樣子，似乎只剩下一絲絲氣息，躺在床上。

王海道僕人站在窗外仔細觀察當那一縷縷似精靈的白煙，大口大口吸取吳小晏長老的元氣時，他就喘得更厲害。王海道僕人驀然明白吳小晏長老身體為何那麼虛弱，原來是這些一縷縷似精靈的白煙之東西在搞怪。

王海道僕人立刻破門而入，大聲喝斥：「你們這些一縷縷似精靈的白煙，是打從哪來？是何方妖孽？」

那一縷縷似精靈的白煙，聞聲從四面八方飄聚在一起，唧唧喳喳的，不久竟顯現成一個白煙女精靈模樣，開口說：「你是誰？居然敢管本姑娘的事。」

「哈哈……我是金芯之島的王海道僕人。」神氣十足報出自己的名字。

「哼！小癟三的僕人居然敢管閒事。」白煙女精靈冷冷的不屑。

「我看你是有眼不識泰山，今天我王海道僕人就讓你看看我的厲害。」一面說，一面全神貫注用力把五官皺成一塊，重重從口中吐出一口氣，吹向白煙女精靈，牠身子輕輕一飄，那一口冷若冰的氣，便瞬間凝結了樑柱，成冰柱龜裂成碎塊，化為一灘水。

王海道僕人不死心，身子一晃，身輕如燕，來去自如的飛上空中，追著白煙女精靈，不停吹著一口、一口冷若冰的氣，卻一口一口落空。

白煙女精靈冷冷的說：「雕蟲小技，還敢在這裡丟人現眼。」

王海道僕人立刻從衣服內拿出「寶貝星星」，呼叫：「寶貝星星出現！」，頓時它對著白煙女精靈發射一支一支的利刀，攻擊對方，又一方面對著自己的心，呼叫著：「好人—綠撒但，我需要你，這是你的世界，快出來。」

一陣白茫茫煙霧從王海道僕人口中飄出來：「主人，綠奴隸聽令。」

一手拿著「寶貝星星」一手指著在空中飄來飄去的白煙女精靈：「好人—綠撒但，快去攻擊她。」

那飛鏢似射出一支一支的白白亮亮的利刀對準白煙女精靈，但她輕飄飄一抖動衣袖，似飛箭般快的一支一支白白亮亮的利刀，紛紛落地，白煙女精靈狂笑不已。

這時「綠撒但—好人」見狀伸出兩隻長長見骨似枯乾、伸縮自如的手臂，露出俐落爪子，一次又一次抓住白煙女精靈，但是她滑溜的身體，稍稍擺動一下，就溜掉了！不過白煙女精靈自己也嚇出一身冷汗，飄在空中稍稍喘一口氣。

王海道僕人見機不可失，立刻把「寶貝星星」轉過來，用反面的光，射出藍芽的強烈亮光，使白煙女精靈眼睛灼傷，她大叫一聲：「唉喲！」。

白煙女精靈自己受傷，眼看不是他們的對手，抖一下闊袖，身形一變，變成一陣白茫茫煙霧，迅速遁入吳小晏長老床頭前，那一窪突出土地裡。

王海道僕人追了過去，到吳小晏長老床頭前，那一窪突出土地前，蹲了下來左瞧瞧又右看看，卻看不出任何端倪。他不甘心就此罷休，對著那一窪突出土地前，全神貫注，用力把五官皺成一塊，重重從口吐出一口冷氣，只見它白茫茫的煙霧不停往外飄散，一點也無法攻入，王海道僕人見狀，只好收起「寶貝星星」，順便呼喚「好人—綠撒但」回來。

王海道僕人走到吳小晏長老床頭前，搖搖吳小晏長老的身子，發現吳小晏長老奄奄一息，他趕快使力吸取飄散在空中的元氣回來，把它推入吳小晏長老的鼻孔內。

不久之後，只見吳小晏長老緩緩睜開眼睛，氣若游絲的問：「王海道僕人你甚麼時候來的？有甚麼事嗎？」

「喂！吳小晏長老剛才發生那麼多的事，你都沒有看見嗎？」難以置信的王海道僕人說。

吳小晏長老吃力的搖搖頭：「我真的都不知道發生了什麼事。」

「難怪你一天到晚一直在昏睡中。」王海道僕人若有所悟的說。

王海道僕人開門見山的說：「吳長老你這房子，有邪靈存在。」

吳小晏長老微笑著：「王海道僕人你真是愛說笑，金芯之島裡怎麼會有邪靈？」

「你知道自己為甚麼一天到晚，都在昏睡中？」王海道僕人提醒他。

「那是我的身體比較虛弱。」

「為甚麼會比較虛弱？你沒有懷疑自己的元氣是被邪靈吸走的嗎？吳小晏長老，我真的嗅到你這屋裡有一股濃濃邪靈的怨氣。」

吳小晏長老微皺著眉說著：「身為神的僕人，怎麼也相信道聽塗說的傳說？」

「吳小晏長老不瞞你說，我最近向神求到『趕鬼』的法力，你就讓我試試這『趕鬼』的法力，即使失敗了，你也沒有甚麼損失。」

吳小晏長老考慮一下：「好吧！你要小心哦！」

「可是我必須先了解一下，有關這座房子的來龍去脈。」王海道僕人說。

「這個嘛！是可以，但它放在聖殿後的藏書閣裡，只是那裡不是隨隨便便的人都能進去的。」吳小晏長老想了一下後說。

聖殿的藏書閣

「聽說金芯之島的百姓，家家戶戶的歷史檔案，都存放在聖殿後的藏書閣裡。」王海道僕人趁機想證實這項傳聞。

「沒錯！」吳小晏長老回答

「那吳長老你可以去拿嗎？」王海道僕人故意問。

「嗯！但是我必須先知會胡來大長老才可以。」

「鑰匙在你身上，你何必多此一舉？若據實告訴胡來大長老，他那麼貪生怕死，膽小得不得了，一定不要的。」試圖說服吳小晏長老。

「可是我不能破壞規矩，不然以後，百姓如何信服我？」吳小晏長老想到自己必須忠於職責。

「哎呀！吳小晏長老，我們又不是去拿別人的東西或是拿它去做壞事，你何必想了那麼多？」

「可是……」吳小晏長老還是有所顧慮。

「你別再猶豫……，把鑰匙給我，有事我會負責。」王海道僕人拍拍胸脯。

「哦！好吧！」吳小晏長老猶豫再三，還是答應。

轉身進另一間拿出一個鐵盒，放在桌上對著它唸：「阿妹，阿妹來吧！」，連續三次，鐵盒自動打開。

「你要速去速回，還有千萬不可亂翻看別人的家誌。」吳小晏長老再三叮嚀。

「是，是。」王海道僕人露出狡詰的笑，滿口答應。

吳小晏長老告訴王海道僕人說：「當你開門時，一手把鑰匙插進鎖匙洞，一手要拍著門板叫：『書精靈，書精靈，可愛的書精靈，我是來找你的主人的。』連續唸三遍。」

王海道僕人：「我知道了，謝謝你！」

王海道僕人打開藏書閣門的一剎那，濃濃的發霉味，撲鼻而來，抬頭一看，立刻被裡頭高聳的四面牆，從上面到下面共三層樓高，而一排一排，一層又一層的壯觀藏書震撼住，他來不及思索，頃刻間，藏書閣門就自動「碰」一聲，緊緊關上。

王海道僕人的聲音細如耳語說：「天啊！這麼多的書，我要從哪裡找起，才能找到吳小晏長老的家誌書和金芯之島的聖殿的誌書？」

王海道僕人腦中突然靈光一閃，呼叫著：「好人—綠撒但，我需要你，這是你的世界，快出來。」

一陣白茫茫煙霧立刻從王海道僕人口中飄出來：「主人，綠奴隸聽令。」

「我現在命令你速速去找出吳小晏長老的家誌書和金芯島的聖殿的誌書來給我。」

「奴隸我立即去。」

「好人—綠撒但」伸出兩隻長長見骨似枯乾、伸縮自如的手臂，露出俐落爪子，向四面牆的一排一排，一層又一層的藏書橫掃過去，頓時只見一本本書裡跑出一隻隻的「書精靈」，一見「好人—綠撒但」，像見到兇神惡煞般驚慌，各個向四處逃竄。

王海道僕人見此情景，甚感稀奇，這時有一隻逃竄中的「書精靈」，正好從他眼前經過，他隨手一抓，問：「書精靈你們為甚麼要逃跑？」

「好人—綠撒但有一股刺鼻的臭味，最重要的是聽說牠最愛吃精靈。」頻頻回首，看看「綠撒但」是否追了過來。

紅精靈和黃精靈

「哦！原來如此。」王海道僕人手一鬆，「書精靈」立刻跑走。

這時吳小晏長老的家誌裡之「書精靈」和金芯之島聖殿誌裡之「書精靈」，知道「好人—緣撒但」是為了它們這兩本書而來的，兩個「書精靈」只好認命，自動走出來，把這兩本書送到王海道僕人手裡。

王海道僕人興奮的叫道：「『好人—緣撒但』停手回來！」。他迫不及待打開《金芯之島聖殿的誌書》，他臉上的表情，隨著書上的記載而瞬息萬變，他不停翻閱書中一件又一件駭人聽聞的事件；在書上第215頁記載——「好人—緣撒但」的一生：

相傳很久以前在金芯之島還未完全形成之初，金芯之島的保護罩門破了個洞，因此有許多緣撒但趁之而入，而這些「緣撒但」，專吃島上紅精靈和黃精靈的小孩，聽說第一口吃小小紅精靈，第二口吃小小黃精靈，把兩種精靈一起交叉著吃，那種滋味是頂級的美味，還能養顏美容且延年益壽。

而紅精靈和黃精靈兩族長久以來感情不融洽，幾乎不相往來，後來紅精靈和黃精靈發現自己小小的紅精靈和小小的黃精靈經常莫名其妙的消失，找也找不到蹤影和蛛絲馬跡，幾乎快被吃光時，紅精靈再也忍不住心中的怒火了。

趁著夜黑風高，紅精靈頭頭帶領著整個族群浩浩蕩蕩跑到黃精靈的地盤興師問罪，一見到黃精靈們便劈頭問：「你們黃精靈把我們小小的紅精靈抓到哪裡去？」，怒氣沖沖的大聲罵：「你們太過分了，大人的恩怨，居然找小孩出氣。這種卑鄙行為不是我們精靈界所能容許的。」

「嘿！你們倒是惡人先告狀，我們還正想去問你們紅精靈，把我們小小的黃精靈抓到哪裡去？」黃精靈頭頭更是十分盛怒的說。

紅精靈們錯愕不已：「怎麼會這樣子？我們並沒有抓走任何一隻小小黃精靈。」

黃精靈們不相信紅精靈們所言。

紅精靈們和黃精靈們吵成一團。

這時跑來一個小小的黃精靈大叫著：「紅精靈大人和黃精靈大人你們不要吵，趕快去救小小的精靈，牠快要被『綠撒但』吃下肚了。」

紅精靈們和黃精靈們一聽，連忙跟著小小的黃精靈往「綠撒但」居住的黑暗森林裡去。

「綠撒但」喜歡住在黑暗森林裡的百年老樹根下，因為可以放心大膽的大口大口享受偷抓來的小小的紅精靈和小小的黃精靈，白天他們喜歡掛在樹枝上吸取新鮮的氧氣，使他們爪子的皮膚更有張力。

紅精靈大人和黃精靈大人十萬火急趕到黑暗森林，推門一看，瞧見「綠撒但」左手抓著紅精靈，右手抓著黃精靈，正張大嘴要把牠們往嘴裡送。

紅精靈頭頭和黃精靈頭頭大叫著：「慢著，『綠撒但』你好大的膽子，居然敢抓我們小小精靈來吃。」

「綠撒但」看到這一群不速之客，略略吃一驚，但面無懼色，吃吃笑著：「這是頂級美食。」，兩手抓著紅、黃精靈不停晃動，只見兩隻小小精靈嚇得魂飛魄散，吱吱狂叫。

「快放下牠們。」紅精靈頭頭和黃精靈頭頭大聲斥喝著。

「綠撒但」張大嘴，作勢要把牠們吃了。

紅精靈頭頭和黃精靈頭頭大叫：「慢著。」語一畢，紅精靈頭頭和黃精靈頭頭腳下輕輕一點，頃刻間，飛去「綠撒但」前，兩人使個眼神，準備用精靈獨門武器—暗藏在眼珠裡的紅、黃雙珠配，紅精靈的眼睛是紅色，黃精靈眼睛是黃色。但這紅、黃珠球，又快又準又狠，一出去必不落空，「雙珠配」齊出威力更是無窮，珠珠必取性命，一下就將這隻

「綠撒但」殺了，奪回兩隻小小精靈。

現在他們終於明白原來所有小小精靈的失蹤都是「綠撒但」所為，紅精靈和黃精靈兩族極度震怒，彼此決定握手言和並聯手對抗「綠撒但」，誓言要殺光「綠撒但」才甘罷休。

紅精靈和黃精靈到處尋找「綠撒但」的蹤影，見一個殺一個，整個金芯之島充滿殺「綠撒但」的鶴唳風聲。

金芯島的「綠撒但」死的死，逃的逃，而剩下「綠撒但—好人」，牠不知何去何從，這一天牠在黑森林裡來來回回晃蕩，又被一大群的紅精靈和黃精靈發現，「綠撒但—好人」後無退路，因黑森林裡的前面是斷崖，後面又有追兵，牠只好拼命往前逃，逃跑到斷崖前不假思索的伸出兩隻長長白白嫩嫩、伸縮自如的手臂往下跳，勾著樹枝，在懸崖峭壁上一棵又一棵樹枝慢慢攀盪下來，無意中逃到了金芯之島的聖殿躲藏，後來被一位心地善良神的僕人發現他問：「『綠撒但—好人』你為何來此？」

滿臉驚慌的「綠撒但」說：「我被紅精靈和黃精靈追殺得無處可躲藏，只好躲進聖殿。」

「為何只有你一個『綠撒但』來？」善良神的僕人好奇問著。

「我也不知道，其他『綠撒但』究竟跑去哪裡了。」綠撒但眼神充滿害怕和無助。

「難道真的都被殺光了嗎？」善良神的僕人心裡猜想著。

這時善良神的僕人看見窗外，一陣輕風吹來，遠處叢叢林梢，有如波浪般輕輕搖曳，晃動樹葉婆娑，發出陣陣沙沙響聲，露出一對紅眼睛和黃眼睛向這裡觀看著。

善良神的僕人：「紅精靈和黃精靈已經來了，快跟我來。」

他立刻帶「綠撒但」到聖殿後，飛奔穿過通往地下密室的走道，來到善良神的僕人的臥室房間，他迅速挪開床，再打開地下密室的門，等兩人進入地下密室通口，便一起合力將床歸回原狀。

兩人一下到密室之後，隨著階梯的彎彎曲曲，繞過來繞過去，越繞越深陷下去，離開梯子，經過一條又長又黑的通道，來到一個專門供百姓跟神親近的祈禱室的下面密室，善良神的僕人將「綠撒但」安置在這裡。

「『綠撒但』，這裡很安全，絕對不會被紅精靈和黃精靈發現，你就乖乖待在這裡，千萬別亂跑哦！不然若發生甚麼事，我也救不了你了！」善良神的僕人叮嚀著。

六神無主的綠撒但只好乖乖應聲：「好！」，聽從善良神的僕人安排。

過了許久之後，紅精靈和黃精靈們，還是毫無鬆懈地四處找尋殘存的「綠撒但」蹤影。

「綠撒但─好人」因此一直不敢離開聖殿地下密室。

但躲藏在聖殿地下密室的「綠撒但」太久沒有吃血腥的東西，以致每逢十三號時，「綠撒但」那藏在心裡「吃」東西的慾望就會跑出來叫囂，以致「綠撒但」常常撕裂自己與慾望交戰，痛苦得在地上打滾、哀嚎，若是逢十三號又遇到星期五時，「吃」東西的慾望更是強大，哀嚎混著撕裂叫聲更是嚇人。這一天「綠撒但」餓到極點！餓到快瘋掉了！牠再也控制不住心中「吃」東西的慾望，牠再也管不了一切，此刻的牠完全被「吃」征服了，一心一意只想滿足自己的口慾，於是膽大包天的撐開往第四十四號房間百姓與神親近的祈禱室之鐵板門，小心翼翼爬上去，躡手躡腳輕輕推開每一間房間看看又輕輕把門帶上，看到每一間內的百姓都閉著眼睛，神情非常專注，似乎在傾聽神的話語，「綠撒但」滿意得連口水都不由自主的滴落，然後牠從第一間房間退回到第四十四號房間開始躡手躡腳走到每間房內，馬上伸出兩隻長長白白嫩嫩、伸縮自如的手臂，露出俐落爪子，一把抓住人體，以迅雷不及掩耳的速度，將人一口吃掉，從第四十四號房間到第一間，一個也不殘存。

「綠撒但」吃了一頓豐盛大餐，心滿意足的摸著鼓得不得了的肚子，心情愉悅地臥躺在第一號房間的門板邊，呼呼大睡起來。

善良神的僕人一大早起來，來到祈禱室準備跟百姓一起晨禱，哪知一進門，看到「綠撒但」摸著鼓得不得了的肚子，臥躺在第一號房間的門板邊呼呼大睡。善良神的僕人心一驚，直覺大事不妙，立刻衝到房間看，一間看完又換一間，一間間都是空空盪盪，每看完一間，他的心情就越往下沉，而腳步是越來越沉重，走到最後整個人都癱瘓了，再也忍不住掩面痛哭流涕起來。

正在呼呼大睡中的「綠撒但」聽到哭泣聲，睜開惺忪的睡眼，一看是善良神的僕人，睡意頓時消失，整個人清醒過來，準備拔腿溜走之際，善良神的僕人開口：「『綠撒但』吃了這麼多人，心裡真的沒有一點愧疚嗎？還想逃跑！」。

「綠撒但」心虛的低下頭來。

「你為甚麼這樣殘忍，吃了那些人？」善良神的僕人，握緊拳頭，指甲深深刺入掌心，內心悔恨交加，不停責怪自己當初一時心軟救了一個卻害死這麼多人。

「綠撒但」懊惱著：「我不是故意的，我真的忍不住。」

善良神的僕人含恨帶怒：「任何的解釋都是多餘的，如果我可以做到的話，我真想一掌把你劈死。」

「綠撒但」看到他萬分悲傷的模樣，自己的良心也感到不安且懊惱的說：「我知道錯了，我願意接受你任何懲罰。」話一說完，立刻站到善良神的僕人面前，一副準備受死的態度：「好吧！你就一掌把我擊斃。」

善良神的僕人長長嘆一口氣：「把你劈死，也換不回那麼多人命，只是徒增罪孽罷了。唉呀！但是我必須要懲罰你，你現在跟我回地下密室。」

「綠撒但」點點頭，乖乖跟隨著善良神的僕人之腳步後面。

來到幽暗的地下密室，善良神的僕人拿起掛在牆壁上的鎖鏈說：「這是施過魔法的星星鎖鏈，看起很輕巧，實際上有千萬斤重。而且全金芯之島上沒有人會解開這魔法。如果我算的沒有錯，你必須等待幾百年之後，才會遇到解開這星星鎖鏈的魔法之人。」一面說，一面銬著「綠撒但」的脖子和四肢。

「綠撒但」一聽自己將失去幾百年的自由，身體不禁打了一個寒顫，而忍不住嗚嗚啜泣著。

善良神的僕人見「綠撒但」悲傷的樣子，內心感到不忍但又無奈：「你怨不得我，是你咎由自取。」

善良神的僕人就憂憂傷傷的離開地下密室。留下啜泣中的「綠撒但」守著地下密室。

善良神的僕人轉到祈禱室，痛哭流涕大聲喊著：「神啊！我的上帝，我願人人都得救，不願一人沉淪，但我為了救一人卻害死四十四人，我真是造孽，我如何對得起這些死去的百姓?我有甚麼資格再為這裡的百姓服務?」於是拿出藏在衣服裡的匕首,狠狠向自己的身子一直猛刺,直到沒氣息倒下為止。

王海道僕人看到這裡,闔上書,心有戚戚焉,好人的下場,竟是如此悲慘。心裡暗想,當好人有甚麼好的?

上帝創造好人和壞人,就是為了分別善跟惡,好人和壞人經歷的過程不一樣,當然下場也不一樣,但是人親眼見到的最後結局,並不代表神的定論。

石頭之神

王海道僕人嘆了一口氣，立刻轉換心情，拿起吳小晏長老的家誌來看；相傳有一位專門負責創造宇宙中各種各樣的石頭之神，有一天他的四個千金心血來潮到他造石之處看他。

石頭之神專注的站在火山岩熔處，手裡不停向火山岩熔液裡，撒下各種金屬元素，讓它們自然去結合，產生不同的礦物質，然後讓熔漿流出並與水、木、土相遇，形成不同的石頭。

四位千金看見父親大人那麼忙碌和專注，忍不住走到他身旁，在他肩上輕拍一下並調侃：「喂！拼命三郎，石頭之神辛苦了！」

石頭之神回頭一望，不禁皺起眉：「你們四個姊妹又偷溜出來玩，是不是沒有告訴你媽咪？」

四人異口同聲：「哎呀！我們只是出來蹓躂一下而已！」

石頭之神搖搖頭，卻也拿她們沒法子：「好，但不可玩太久，還有千萬不要太靠近火山岩漿。」

四人互望一下、哈哈大笑：「石頭之神，你放心！我們不會靠近火山岩漿，那高溫煙霧會把我們美麗的容顏蒸發、變醜，我們躲避都來不及，哪有那麼笨，還會跑去被蒸發？」

石頭之神恍然大悟的應聲：「哦！」

四姊妹嘻笑：「石頭之神就跟石頭一樣又硬又笨。」

石頭之神不禁皺起眉，微翹嘴角：「這……這是甚麼話？你們這四姊妹越來越沒大沒小！」，「好了！好了！你們快走，我要繼續工作了。」石頭之神揮手催促她們離去。

「遵命！但是父親大人，我們聽說你不久之前，造了一種很美的石頭像玫瑰般艷麗，是放在哪座山？我們想去看看。」

石頭之神露出得意的笑容：「在太陽出來的東邊山」，腦海中又突然想到甚麼似的，馬上收起得意的笑容而面露微微憂心的表情：「可是最近被凡人發現，一窩蜂前往盜採，把整座山搞得面目全非，看了我的心好痛、好痛！」

四姊妹聞言，同仇敵愾：「父親大人，要不要我們去教訓他們？」

石頭之神連忙說：「女兒們萬萬不可，『教訓人』這不是我的管轄範圍。」

「你們小心一點，還有記得要早一點回家。」石頭之神再三囑咐著。

她們隨口應一聲：「好」，迫不及待，腳一使力已飄出數萬丈之外，頃刻間，飄遠了，四姊妹時而飄忽、時而迅捷，沿著日頭的蹤跡，來到太陽出來的東邊山山頂，四朵姊妹花站在高高的山上，東看看、西瞧瞧之後，忍不住嘆息起來說：「唉！本是虛無縹緲、美得不得了的一座山，怎麼挖得坑坑洞洞，滿目瘡痍？那一些燦爛奪目、光豔照人的『玫瑰石』和綠油油的樹兒統統不見，只剩光凸凸的一片，真是慘不忍睹，現在神仙、白雲、鳥兒一經過都不願看一眼或稍稍停留一下，真是悲慘呀！」說著說著，頭一轉，她們俯視山下溪裡居然有四個俊秀的少年郎正在撿拾從上不小心滑落的「玫瑰石」。

老二、老三、老四三位姊妹不約而同說：「唉喲！好帥的少年郎，我們去捉弄他們一下。」

老大心裡另有一個主意，說：「我反對捉弄他們，不過我們每人可以各找一塊『玫瑰石』附身，從這裡滾落溪裡，故意讓他們撿拾，趁機接近那俊秀的少年郎，跟他們做做朋友，你們覺得這辦法如何？」這提議，老二、老三、老四覺得很有趣：「好，我們就這麼做！」

四人各自去尋找「玫瑰石」附身，老大一滾落溪裡，馬上被少年郎的大哥撿拾，放在手掌心不停的把玩，讚嘆它十分美麗，就把它帶回家。

老二也是一樣變成「玫瑰石」，一滾落溪裡，馬上被少年郎的二哥撿拾，放在手中欣賞著，不停讚嘆它非常艷麗，就把它帶了回家。

老三也是如此做，一滾落溪裡，立刻被少年郎的三哥撿拾，放在手上欣賞，不停讚嘆它萬分亮麗，也把它帶了回家。

輪到老四，因一時之間找不到一塊明麗耀眼的「玫瑰石」附身，匆忙之下，隨意附身在未經過溪水長時間沖洗過的「玫瑰原石」石頭上，她同樣也是一滾落溪裡，立刻被少年郎的四哥撿拾，可是當他放在手心一看，黑色條紋一條又一條，黑黑的，看起來髒髒的，其醜無比，少年郎的四哥竟毫不留情，隨手就往溪裡一扔。

這重重一扔，令老四感到疼痛不已，唉唉叫著，當她察視自己痛處時，赫然發現自己的翅膀已經折斷了，她眼看自己再也回不了家，想到此，老四不禁失聲痛哭起來。

而她三個姐姐歡歡喜喜被三個俊秀的少年郎帶回家，到了少年郎家裡，三個人立即現出美麗的身影，三位俊秀的少年郎睜大眼睛，張大著嘴，不約而同驚嘆說：「好美的仙女！」

姊妹們開心極了！眨眨眼，露出甜美的笑容：「真的嗎？」

三位俊秀的少年郎不加思索的回答：「真的。」

「那我們留下來，陪你們好不好嗎？」三姊妹羞赧地試問道。

「當然好，我們非常非常的歡迎！」俊秀的少年郎欣喜萬分，毫不考慮的回答。

「不過我們得先回去秉告父母之後，再回來。」她們嬌羞的說著。

俊秀的少年郎歡喜萬分，頻頻點頭：「好！」

三姊妹沉浸在喜悅中，完全沒有發現少了老四的蹤影。

老四在溪邊不知道哭了多久，她左等右盼，始終等不到姐姐。

一會兒，居然看見三個姐姐興高采烈的從溪邊上空，從她的眼前飛了過去。

抹去眼淚後，她感到痛徹肺腑，她的心被撕裂，此時此刻，「恨」充滿她心中，除了恨，還是恨。尤其她一想起，無情無義的少年郎裡的四哥，一看到她不美麗，就毫不留情，把她隨手往溪裡一扔，把她的世界毀滅，她要以牙還牙，讓「恨」發揮作用，把他們全部消滅，以報她斷翅之仇。

說去就去，老四立即起身往四個俊秀少年郎的家走去。

「咦？你怎麼一個人回來？」少年郎的大哥，打開門訝異的問。

老四寒若冰霜的說：「請你看清楚，我是誰？」披著一頭濕淋淋的長髮，左邊臉頰還有些擦傷，一臉殺氣騰騰。

「你……你……到底是誰？為甚麼跟她們長得那麼相似？」少年郎的大哥既疑惑又害怕的問著。

老四甩一下濕淋淋的長髮，露出猙獰笑容：「我是魔鬼。」話一畢，立即出手將他擊殺。

少年郎的大哥慘叫一聲：「啊！」

二哥、三哥聞聲，從房間跑了出來。

老四一見人即出手一一擊殺。

唯獨不見四哥，這個人跟她有著不共戴天的深仇大恨，她怎麼可能讓他活下來？

老四報仇的情緒像是一隻會吐絲的蠶，窩居在心底，把一點一點的恨意變成牽扯不斷的細絲，慢慢地把活蹦亂跳的心，圈囿成一隻僵硬的蛹，沒有自由，沒有思想，只剩下深深怨懟和苦毒。

她就是不甘心，她留下來，等他回家來。

四哥因見三個哥哥們都輕輕鬆鬆撿了一塊美麗的「玫瑰石」，而他也想要撿到一塊，所以他不死心的順著溪流繼續往下找，心想看看能不能遇見一塊美麗的「玫瑰石」。由於不願空手而歸，於是越走越遠，直到太陽落下，一片漆黑，才踏著疲憊的步伐回家。

仙女之死

他一回到家，推了門進來，一見有位陌生女子，用手拖著下巴，她正在沉思，他劈頭就問：「你是誰?為甚麼會在我們家?」

老四轉頭看了俊秀的四哥一眼，當四眼相對，刹那間，一股「愛」的情愫牽動彼此的心，那一瞬間，她內心所有怨懟和苦毒，被「愛」溶蝕，驟然化為烏有，仇恨煙消雲散了。

臉上羞赧得露出一抹甜甜的微笑：「我是來找你的。」

四哥怦然心動又疑惑：「找我?可是我並不認識你。」

「但我認識你，所以來找你。」她深情注視著他，心蕩神馳的輕柔道。

「我不認識你，但是覺得你好眼熟，不知你找我做甚麼?」四哥眼光忽而閃起某種動人的灼熱。

「這……這……這……」她欲語還休。

「你有甚麼難言之語嗎？」四哥關懷之情溢於言表。

「我……我……我……」四妹一副愛在心裡口難開的表情

這時三姊妹像旋風一樣颸進來，怒氣衝天，大聲的興師問罪：「妹妹你，為甚麼要殺人？」

她一副若無其事，彷彿一切都與她無關的樣子：「錯不在我，是你們先遺棄我，我才殺人的。」

「我們只是一時疏忽。」她們一致辯解著。

「不！你們不知道等待的無助和被遺棄的痛苦，以及翅膀斷了回不了家的那種恐懼。」怒吼叫著。

「那也用不著殺了這麼多人來洩恨。」三位姊姊氣憤著。

「當苦毒醞釀成『恨』時，誰也難控制它發酵的威力。」她雙眉深鎖著，冷漠異常的回答。

「你知道嗎？你個人的怨恨造成我們三人的失戀。」一致指責著四妹。

四哥乍聞，他的哥哥們都已經死了，駭然心驚，臉上倏然一陣刷白。

而且劊子手，竟是眼前這位美若天仙的女子，但她卻是他心中佳人。

他瞪目看著她，心中卻滿是憤怒與失望。

四哥冷峻的語氣，不帶一絲憐愛和情份：「我要殺了她！我要殺了她！」

三位姊姊一聽，立刻毫不留情的出手，三人把絲帶一同拋向老四，想勒住她的脖子，老四一次又一次躲過。她一聽四哥說：「殺了她！殺了她！」，頓時像五雷轟頂般令她心碎了。

在三姊妹打算再一次聯合出手之際，老四開口大聲叫：「你們住手，不用勞駕姊姊你們的手。」

「我自己來解決！」她挺直腰桿，凜然地說。然後臉轉向四哥：「只是我不甘心！我要咒詛你子子孫孫的男人，個個都會是病懨懨，要死卻不死的死活人。」

話一完，即向牆壁猛烈衝撞過去。牆倒了，人也倒了，靈魂變成一縷輕煙盤踞在房子四周，不願離去。

三姊妹們驚嚇得落荒而逃。

四哥憂憂傷傷的落淚著。

王海道僕人看完吳小晏長老家誌，他恍然大悟吳小晏長老的身體為甚麼如此虛弱，原來是受了咒詛，而家裡那一縷縷似精靈的白煙，原來是造石之神的四女兒。

而被囚禁在聖殿的地下密室的邪靈原來是「好人──綠撒但」。

王海道僕人帶著一抹邪惡的笑容，離開「藏書閣」。

管管杖

王海道僕人離開「藏書閣」之後立刻到吳小晏長老家中向他稟明一切。

吳小晏長老心平氣和：「其實我早就知道了，只是我無能為力。」

王海道僕人大吃一驚：「怎麼沒聽你說過？」

吳小晏長老神情黯然：「說了又如何？反而擾亂人心。」

「可是你若告訴大家，或許大家集思廣益，可以找到解決辦法。」他安慰又勸說著。

吳小晏長老嘆口氣：「若是可以解決早就解決，怎麼可能還會拖到我這一代來？」

「可是……可是……」王海道僕人一時答不上來。

慈祥的吳小晏長老微笑著安慰王海道僕人：「謝謝你的一片好意，你不要太難過。這麼多年了，我跟牠不是一直相安無事嗎？何必去改變它的存在？」

王海道僕人看著慈祥的吳小晏長老，心裡有著另一種打算，說：「不，牠一直靠著吸取你的元氣而活。我們一定要除掉牠。」

「這談何容易？」吳小晏長老不抱任何希望的說著。

王海道僕人試探著吳小晏長老：「我有趕鬼的法力，你相不相信我？」

「我當然相信，但是我怕你法力太小，鬥不過牠，讓你受到傷害。」善良吳小晏長老憂心的說。

「吳小晏長老你放心，只要你那一隻『管管杖』借給我，我保證一定贏得了牠。」王海道僕人信心十足。

「這……嘛……我還是怕你受到傷害，我想還是算了。」吳小晏長老猶豫不已。

「我王海道僕人為了你，都不怕死，吳長老你還考慮甚麼？是不放心我拿了那一隻『管管杖』呢？還是不相信我的法力？」王海道僕人心中微惱著。

「王海道僕人你別想太多，我是真的不放心你的安危。」他解釋著。

「吳長老，我王海道僕人給你保證，我絕對會全身而退，不會傷到一根寒毛，請你相信我一次吧！」信心十足，拍拍自己的胸脯。

吳小晏長老眼看自己說服不了他，只好隨他去吧！求神保守他的平安：「好吧！我去拿『管管杖』給你。但是你一定要答應我要非常小心，萬一你有甚麼三長兩短，我可是擔待不起的。」吳小晏長老囑咐再三，便回房間去拿「管管杖」。

王海道僕人高興得笑意堆滿臉的看著吳小晏長老的背影。

吳小晏長老從房裡拿出「管管杖」，立刻遞給王海道僕人。

興奮的王海道僕人接過「管管杖」，迫不及待想使用看看它的威力。

而「管管杖」是認手紋，聽聲波的，只見「管管杖」飛向天空後，停頓一下，隨即不停旋轉變長，爾後，莫名其妙的棒打王海道僕人，還一面叫：「畜生、畜生，不是人、不是人。」，棒棒落下又狠又準，王海道僕人痛得哇哇叫，豆大汗珠不停從臉龐滑下，不管王海道僕人往哪裡逃，「管管杖」就往那個方向追著，一面還叫：「畜生、畜生，不是人、不是人。」

吳小晏長老見狀趕緊叫道：「小三回來。」，只是他不解的是「管管杖」為甚麼會叫王海道僕人畜生，而不是人。

不一會兒「管管杖」自動飛回到吳小晏長老手上之後，立刻縮小變回原狀。

王海道僕人氣喘吁吁，一面擦著汗珠：「這『管管杖』還真的很厲害，還會說話。」

「對不起，讓你受到驚嚇，我忘了告訴你『管管杖』是認手紋跟聽聲波的，除非我把它消磁，不然你是不能用的，畢竟這是神給我們長老的權柄武器。但是我也不知道它會說話。」

王海道僕人聞言難以置信又心急的說：「哦！原來如此。那你趕快把它消磁。」

吳小晏長老拿起「管管杖」，伸出長長含著口水的舌頭，對著「管管杖」上、下兩端舔一舔。

王海道僕人在一旁看得瞠目結舌。

隨後交給王海道僕人，再一次叮嚀著：「你需要它時，一定要先把它拋至上空。還有收回時，只要呼叫它：『小三回來』即可。」

王海道僕人不解問：「為甚麼要叫『小三』？」

吳小晏長老：「『小三』是我擔任長老的編號。」

王海道僕人點點頭，小心收好「管管杖」：「吳長老，收服白煙女郎邪靈一事，不宜拖延，我想明天就動手，請你明天先到聖殿迴避一下好嗎？」

吳小晏長老點點頭。

「喜樂，我要去吳小晏長老家，收服那白煙女精靈，你先扮成俊秀的少年郎去引誘她出洞穴。」王海道僕人交代隨從喜樂。

「主人，你確定會贏她嗎？」喜樂擔憂的問。

「確定。」王海道僕人信心滿滿、斬釘截鐵的回答。

「主人，你為甚麼突然想去做這一件事？」喜樂滿是懷疑的問。

「我要證明給眾百姓看，讓他們知道我是一個有能力的僕人。」

喜樂憂心的提醒主人：「神的僕人做事是為對神負責和得到神的肯定的，不是看人的感覺，也不是要得到人的肯定。」

「你不懂被人看不起的痛苦和被人高舉的美妙滋味。」王海道僕人道出深藏內心軟弱的一面。

「但是它是短暫的，是虛空的，唯有神的祝福才是永恆。」喜樂苦口婆心的勸著主人。

「哈哈……神的祝福太遙遠，眼前的掌聲才是實際的。」

「主人你變了，你已經不像一個神的僕人。」喜樂心驚不已。

「是嗎？」王海道僕人不以為然的反駁。

「主人，我懷疑當年那一個愛神勝過愛自己的僕人，已經被撒但收買了。」

「喜樂你，只猜對一半，我老實告訴你，我不是被撒但收買，而是撒但拿他的靈魂跟我交換自由。」

喜樂的心抽痛著：「主人你要趕快讓牠離開你的身體，不然被神發現你就完了。」

「哈哈……上帝那麼忙碌，祂不會注意到我這個微不足道的小僕人。」

「你太小看上帝，你忘了！祂是全能的神，是無所不在的神。」喜樂提醒著。

「你少囉嗦！我準備去吳小晏長老家，你快去扮俊秀的少年郎。」王海道僕人不耐煩喜樂對他說教。

「喜樂，遵命！」他知道主人已經走火入魔，無法自拔。

喜樂一推門進去，一眼望見白煙女精靈飄在吳小晏長老床前上方，正在吸取他的元氣。

喜樂大聲喝斥：「白煙女精靈你不可再吸取吳小晏長老的元氣，他跟你無冤無仇。」

「誰說他跟我無冤無仇？他們世世代代都是我的仇人。」白煙女精靈狠狠看喜樂一眼，咬牙切齒的說，飄到喜樂面前。

「人總是有做錯的時候，更何況當年那是無心之過。你盤踞在這裡已經幾百年了！難道你的怨、你的恨，還沒有消嗎？其實你這樣做，對你是一種虧損，苦的還是你自己。」喜樂憐憫也不忘勸說。

這時白煙女精靈的眼淚簌簌而下：「我就是恨，就是不甘心，我就是走不出這個恨的苦毒。」

「你本是天上的仙女，如今淪落地上成為鬼魂，值得嗎？」喜樂十分憐惜的說。

「報仇，還談什麼值得不值得的問題？」白煙女精靈縱情苦笑著。

「或許解鈴還須繫鈴人吧！可是我真的好想幫助你，希望你願意放下心中的恨，那你就得救了！」，「我剛才吸聞過你怨氣，屬於善良的氣，只要你願意踏出這間屋子，一遇到陽光，一切便煙消雲散，你就可以回去。」喜樂好意告訴白煙女精靈這個脫離苦海之道。

「真的，這麼容易嗎？」白煙女精靈意外且訝異的問。

「是的，就是這麼容易，最難的是你自己是否願意放下心中的恨而走得出去。」喜樂又說道：「你恨來怨去，其實只是將自己不斷陷在萬劫不復的深淵，傷害的還是自己，饒恕別人其實是饒恕自己。」

白煙女精靈沉思不語，許久之後，突然開了口：「好，我現在就走出去看看。」

這時王海道僕人，正好推門進來，一見到白煙女精靈，毫不考慮立刻拿出「寶貝星星」，用反面的光，發出劍形的長長強光，使白煙女精靈眼睛灼傷看不見。爾後立刻呼叫：「寶貝星星出現！」，頓時它像飛鏢似的射出一支一支的白白亮亮的利刀攻擊對方，刀刀擷取她命。

白煙女精靈還來不及反應，慘叫一聲！「啊！」聲音是那麼淒厲，立刻香消玉隕。

喜樂驚嚇得呆住了，而王海道僕人卻勝利的狂笑著。

喜樂含著淚看著白煙女精靈的屍體，心痛不已的對著王海道僕人大叫：「你……殺人。」

「喜樂你說錯了，我不是殺人，我是除妖精。」王海道僕人得意的狡辯。

喜樂氣憤不已：「總有一天上帝會懲罰你。你會有報應的。」

「哈哈……我就是上帝，會有甚麼報應？」王海道狂妄的大放厥詞。

話一畢，瞬間雷電交加，天上降下一股強烈的電流亟擊王海道僕人，電流卻被「寶貝星星」吸掉，救了他一命。

只見王海道僕人臉上的笑容倏然消失，心不停狂跳著，內心暗暗慶幸剛才有「寶貝星星」護身，不然他一定掛了。

喜樂知道主人褻瀆神，神震怒了！

但看見主人臉色慘白，還是忍不住關心的問：「主人你還好吧？」

「哼！」一聲，王海道僕人拂袖而去。

剛才被閃電亟擊之後，王海道僕人往聖殿回去的一路上心裡一直想，一定要盡快拿到「掩蓋罪惡之草」才行。

不然遲早會被上帝發現自己所做的壞事，一定準沒命。

喜樂見主人離去，他轉向到白煙女精靈的屍體前懺悔：「白煙女精靈都是我的錯，是我害死你的。上帝啊！我該怎麼辦？我不殺伯仁，伯仁卻因我而死，叫我情何以堪！」喜樂因悲傷至極而不禁掉下淚來，滴到白煙女精靈臉上。

這時小狗阿雪突然跑進來，站在白煙女精靈的屍體前，用舌頭不斷親吻著白煙女精靈的臉頰，只見她身上那一支一支白白亮亮的利刀自動飛了出去。

瞬間，白煙女精靈，慢慢睜開眼，整個人緩緩甦醒過來。

連容貌也一起改變，像有一隻無形的手從她的頭到腳，慢慢、輕輕、柔柔的，掀掉她原來那一層醜陋的皮，讓美麗的容顏隨著那無形的手退去而展現出來，靈敏的小狗阿雪立刻叫了起來。

喜樂一看驚喜的叫道：「你沒死，太好了，真是太好了。」

她站起來：「謝謝你跟小狗阿雪救了我。」

喜樂聞言，不解的說：「我們，這怎麼可能？」

「因你跟阿雪充滿了愛，愛勝了一切。」白煙女精靈心中充滿感激。

喜樂看著白煙女精靈活過來，喜極而泣，直說：「沒有事就好。」

「謝謝你們，我突然好想回家。」白煙女精靈心中不再有恨。

「好！真的太好了。」喜樂很高興她能想通一切。

白煙女精靈揮揮手說：「再見！」她依依不捨道。

喜樂和阿雪也揮起手：「再見！」

白煙女精靈，輕輕身一擺動，立刻消失得無影無蹤，隨即回到天家了。

發現

藍郝芒長老來到王海道僕人的靈修祈禱室，發現門虛掩著，輕輕叩門，沒有回應又輕喚王海道僕人的名字都沒有任何回應，藍郝芒長老心想王海道僕人必定正在禱告當中，不想去打擾他，就隨手把門關好，以防他人打擾。在門闔上之際，幽暗的祈禱室，發出一閃一閃的奇異亮光，藍郝芒長老因好奇逕自走入幽暗的祈禱室瞧一瞧，卻看見王海道僕人正在與邪靈交談，又看見他手上還拿著上帝的寶物之一──「星星寶貝」不停把玩。

「天啊！王海道僕人你們在幹甚麼？」藍郝芒長老激動大叫。

王海道僕人也嚇了一跳，但很快就回神鎮定，說：「藍郝芒長老你怎麼進來的？也不先敲一聲門。」

「王海道僕人請你告訴我，這到底是怎麼一回事？」藍郝芒長老難以置信所目睹的事。

「藍郝芒長老你先別大驚小怪，剛才你所見到的都只是一種幻覺而已。」王海道僕人欲蓋彌彰的胡謅。

「是嗎？我不相信，你在說謊！」藍郝芒很不客氣的戳破它。

王海道僕人知道紙包不住火，只好全部都招認了。

「你不怕上帝的刑罰嗎？」藍郝芒十分生氣的指責。

「藍郝芒長老，我是不得已的，我是被逼得走頭無路才如此做的。」王海道僕人低聲下氣解釋著。

「到如今你還在辯駁，不承認錯，你做了那麼多壞事，你還以為天不知、地不知，我不願把你的事戳破，心裡一直寄望和等待你的良知甦醒過來。」藍郝芒長老內心沉痛的指出。

王海道也嚇了一跳，心慌的說道：「藍郝芒長老你最愛神，也最疼惜神的僕人」，王海道僕人抓住藍郝芒長老柔軟的心腸。

王海道僕人繼續哀求藍郝芒長老說：「你知道我之所以會犯罪也是為了金芯之島的百姓，你也知道我牧養眾百姓已到了一個最無助的低潮期，我的百姓不斷失散，軟弱的軟弱、飢渴的飢渴、墮落的墮落、暴力的暴力、驕傲的驕傲，看到這樣的光景，叫我情以何堪！」

「如果你是我的話，你的感受是甚麼？」王海道僕人痛苦不已的說著，希望能得到藍郝芒長老的同情。「藍郝芒長老你能體會被看扁的滋味，是生不如死嗎？作為一個神的僕人應該是被尊重的，應該是很有能力可帶領眾百姓的，但是我沒有這樣的恩賜，也沒有感受到神是與我同在。」王海道僕人痛哭流涕，悲傷說著自己的無助。

「我同情你的困窘，但是你不能因此而犯罪。」藍郝芒很清楚的告誡。

「我真的沒有故意要犯罪的心，當時我真的以為人走到盡頭，是上帝的起頭，那一本《上帝的秘密—最後的法寶》，我真的誤以為是神叫精靈送來給我，是為了幫助我突破服事的挫敗的。」

藍郝芒長老常長嘆了一口氣，說：「真虧你是神的僕人，那是一種試探。再說《上帝的秘笈—最後的法寶》一書，已經遺失千年了。現在突然現身，一定不是上帝的旨意。」

「藍郝芒長老你知道狗被逼急了也會跳牆，人也是一樣，請你要相信人是有限的，是軟弱的，而我也有著肉身的軀殼，請你包容我的軟弱，我知道錯了，我求求你不要告訴其他的長老今天你眼睛所見的事。還有更重要的事，求你要救救我好嗎？現在只有你，救得了我，讓我免去上帝的刑罰。」王海道僕人哀求著。

藍郝芒長老說：「我何德何能？」

王海道僕人直說：「根據《上帝的秘笈—最後的法寶》一書第十篇記載；人或神僕若犯了罪，只要吃了一種草，所有的罪都能被遮蓋掉，就連上帝也能欺瞞過去，所以顧名思義它就叫『掩蓋罪惡之草』。而這種草生長在金芯之島上，那一座高不可測的深山裡的日月湖岸東邊，能摘取到這種草的人，一、屬靈輩分高者（能聽到上帝說話的人）、二、童女、三、眼睛視力不太好，而唯有你是符合這三個條件的人。」

「不，我不能做這事，這是神不喜悅的事。」藍郝芢長老斷然拒絕。

王海道僕人立刻跪下，痛哭流涕的哀求說：「藍郝芢長老，求你憐憫神的僕人，求你看在我過去的服事，沒有功勞也有苦勞，看在我是如何忠勤服事主的情分上，救救我，我知道藍郝芢長老心腸最柔軟、最善良，不會對你最敬愛的僕人見死不救。」

經王海道僕人這樣痛哭流涕的哀求，「我……讓我考慮一下！」藍郝芢長老的心柔軟下來，想拒絕又於心不忍，但又覺得這是拂逆神的行為，真是左右為難。

「不……沒有時間考慮，上帝每年執行審判的時間快到了！」王海道僕人心急著，但確信藍郝芢長老一定會答應。

「求求你，拯救我。」王海道僕人假裝痛苦哀求的聲音，近乎乞求著。

藍郝芢長老幾經矛盾掙扎後，無奈的聳聳肩，還是不忍心拒絕，說：「好！但是從今以後，你不能再錯下去！」

王海道僕人眼看事情已成功，似吃了一顆定心丸，立刻破涕為笑，露出奸詐不已的笑臉：「我知道！謝謝藍郝芒長老救命之恩。」

藍郝芒長老問道：「那我該何時啟程？」

「明天。」王海道僕人毫不考慮的回答。

「這麼快！」藍郝芒長老嚇了一跳。

「事不遲疑。」王海道僕人陪著笑臉說。

藍郝芒長老知道已經沒有後悔的餘地，也只能說：「好！」

王海道僕人這時告知藍郝芒長老：「到日月湖之路，很危險，又相當遙遠，如果日夜趕路也需要好幾十天的腳程，不過我會叫我那個既忠心又良善的隨從——喜樂和他的小狗阿雪，一同前往，一路上保護你，還有我這個『寶貝星星』——像月明珠般透明但它會發光照亮夜晚的路，危險時，你呼叫它，它會像飛鏢似射出一支一支的利刀攻擊對方，給你攜帶在身上，以備危險時，可以派上用場，還有這個『霧淞之冰』，你若吞服下肚後，馬上擁有兩種力量：第一、如神奇超大力士般的力氣，大到雙手可以搬移一座大山，第二、變得身輕如燕，任你有來去自如的輕功，不過當你要使用大力士或輕功的其中一種法力時，你要大聲呼叫二次：『寶貝輕功出現』或者是『寶貝大力士出現』。」

「當這兩種寶貝聚集在一起，它們又會形成另一種法力，就是當你在危急時，只要全神貫注，用力把五官皺成一塊，重重從口吐出一口氣，裊裊寒霧會瞬間將對方凝結為冰凍人，如果在五分鐘內未解凍，對方會成冰柱並龜裂成碎塊，化為一灘水。」

「畢竟那一座高不可測的深山裡的日月湖沿路是三不管地帶，到底蘊藏多少邪惡或魔鬼的勢力範圍，沒有人清楚，有了這兩樣寶貝加持，像是多了一層保護膜，但是你要記得『霧淞之冰』的有效期是六十天，而有了它們，你可以安心前往。」

「哦！我有需要這些嗎？」藍郝芒長老很不解的回答。

王海道僕人對藍郝芒長老的死頭腦有一點點惱怒，但有求於她，姿態不得不放低並好意的說：「唉呀！我是說萬一遇到危險時，可以用嘛！我是怕你遇到不測。」

王海道僕人心想，我把我的寶貝給你用，我嘴裡說是怕你遇到不測，其實是擔心「掩蓋罪之草」沒有人可以拿回來。

「好吧！謝謝你的好意。」藍郝芒長老只好從善如流的回答。

唉！人與人相處久難免有情分存在，如果將情擺在前面，那公義當然就靠邊站。只不過公義是說給受到傷害人的安慰話，也是專騙善良人的伎倆。

掩蓋罪之草

這種草不論色彩、不論形狀，常常瞬息間千變萬化，草的尖端在夜晚會發出一陣又一陣，一道又一道金光閃閃的光芒，摘下後瞬間變了色彩。在早晨還是一片一片白皙色彩，近中午便轉了顏色，在蒸騰之氣中、在熱風的吹化下，又變成只有夢境裡才會出現，在大白天是鬼形魅影的模樣，到了深夜株株則變成彩虹般美麗身影。

這種草，凡人看不到，也不知道甚麼叫「掩蓋罪惡之草」，即使在神界，也僅有幾個屬靈輩分高的人，知道這種草的秘密，聽說只有在夜晚才能見到「掩蓋罪惡之草」的蹤影。聽說人或神僕若犯了罪，只要吃了一株這種草，所有的罪都能遮蓋掉，就連上帝也能欺瞞過去，所以顧名思義它就叫「掩蓋罪惡之草」。

這種草生長在島上那一座高不可測的深山裡的日月湖岸東邊，這座湖是長年飄蕩的雲霧，氤氳孃孃，在掩蓋罪惡之草的四周，有著充滿一張張嘴撕裂血盆般的口，一雙雙冷冽可怕的眼睛，混合著兇狠的叫聲「ㄠ！ㄠ！」，迴盪在湖水上，牠們長得似虎似獅，叫

「虎獅怪獸」，性情比虎比獅還要殘暴，面目看起來也比牠們醜陋威武，顯得十分凶惡，令人看了不寒而慄，噤若寒蟬，而牠卻身輕如燕，有一對鵝黃色的翅膀，不停震動翅膀，張大銳利目光不停來回搜尋是否有入侵者，守護著「掩蓋罪惡之草」。牠們整天總是目不轉睛的盯著它，隨時隨地準備攻擊目標，一有入侵者，他們會以迅雷不及掩耳的速度，忽然衝上或撲向前去，把人一口吞滅，既乾淨又俐落。但他們怕光，尤其是一種動物發出的光。

出發

藍郝芢長老順服王海道僕人，帶著她貼身的寵物——那提著燈籠的「火金姑」，跟喜樂和他的小狗阿雪，一同出發向島上那一座高不可測的深山裡的日月湖岸東邊前去。

小狗—阿雪大小適中的杏眼，漆黑有神，蘊含知性與靈性，鼻樑短而尖翹，挺立的鼻頭更是迷人，小巧的嘴巴給人優雅的印象，耳朵長滿柔軟短毛，配上可愛的立耳，那敏捷的動作，讓人覺得牠整天都精神百倍，個性活潑聰慧、直率無邪。

牠是一隻能牽動人心的好伴侶，是一隻冰雪聰明，聽得懂人話，會模仿人講最後一句話的超級靈犬，牠像狐狸般的精靈，飛奔速度如羚羊般快，長得卻像小浣熊般討人喜愛，全身金黃而且蓬鬆的毛皮，尾巴捲捲的蓬鬆毛皮像朵花兒盛開，高興時，喜歡轉圈圈，生氣時，也喜歡轉幾圈，最愛當跟屁蟲，不管是跟在人前或人後，阿雪依然喜歡一面走一面轉圈圈，所以大家又叫牠「轉轉狗」，不過大家也常常受不了阿雪的愛轉圈圈，所以每次帶阿雪出門時，乾脆就讓牠坐在肩上，免得牠一走路又要轉圈圈，但牠擁有隱形的神奇力量，就是向左轉三圈，就會不見，向右轉再轉四圈，就會出現蹤影，有時牠做錯事會故意躲起來，偷偷觀察主人的臉色或等主人氣消了，才悄悄現身，現身時，牠會把兩個耳朵和尾巴往後垂下，裝出一副很無辜的模樣，頭低低的、慢慢的走出來，向主人—喜樂認錯，因此喜樂每次看到牠可愛又惹人愛憐的模樣，常常捨不得處罰牠。

藍郝芒長老跟喜樂和小狗阿雪，他們先搭乘超快無形磁波運輸跑道到那一座高不可測的深山山下，就在中途，包立積突然現身說：「兩位好狗奴才，要去幫那吃屎的王海道僕人盜採『掩蓋罪惡之草』，真是天下超笨的好奴才。」

藍郝芒長老跟喜樂兩人見他一副來者不善的模樣又聞言，不禁皺起眉頭問道：「包立積你想幹甚麼？」

「沒幹甚麼，只是想要你身上的那顆『寶貝星星』」包立積不耐煩的回答。

藍郝芒長老大聲說道：「你休想！」

包立積亮出拳頭：「那就要看，是我的拳頭大？還是你嘴硬？」語畢，他又看了看纖弱的藍郝芒長老，實在不忍心動粗，而柔性的勸說：「我是為你好，你太順服王海道僕人，是在害他，你若愛神，愛神的僕人—王海道，就不該為他去盜採『掩蓋罪惡之草』。所以你就把那顆『寶貝星星』給我吧！算是在救他，也做了一件善事。」

喜樂站向前來：「你別作夢啦！」，坐在喜樂肩上的小狗阿雪也附和說：「作夢啦！」

「狗奴才，這裡輪不到你說話，你給我閃一邊去。」包立積斥責著他。

「喜樂，我們不要理他，走吧！」藍郝芒拉著喜樂往前跑。

搶奪

包立積見狀，立刻一上、一下的跳躍在超快、中、慢三種並排的磁波運輸跑道上，隨後迅速追跑，不一會兒便追上前攔阻藍郝芒長老和喜樂，這下子他很不客氣的把魔手伸向藍郝芒長老的身體準備搜取。

喜樂向前護衛著藍郝芒長老，大聲斥責說：「住手！你一個大男人怎麼可以隨便搜索藍郝芒長老女人的身體？」

包立積縱情大笑：「我忘記她是個女人！」，眼目轉動一下，上下打量藍郝芒長老的身材，揶揄著並笑得更大聲：「像這種女人又乾又扁，我是沒甚麼興趣，再說我包立積向來對女人沒興趣。」

藍郝芒長老氣得混身發抖：「包立積你給我閉嘴！真是下三爛的東西。我死也不會把那顆『寶貝星星』給你。」

包立積很好奇的說：「唉喲！我的藍郝芒長老不就是爛好人一個，居然也會生氣。」

語畢，又將魔手伸向藍郝芒長老的身體準備搜取。

喜樂見狀大聲斥喝，說：「住手！你再不住手，我就呼叫審判軍下來，抓你回天庭去。」

包立積不信得說道：「你別騙我，小小一個狗奴能有甚麼能耐？」

喜樂不想跟他嚕嗦：「那我們就試看看！」，立刻按了手上那一根竹子下方的開關，一轉眼間，那竹子一直往天上伸長，一直伸長直到碰到朵朵浮雲時，喜樂馬上握著竹子對著雲兒，重重敲打三下，一瞬間，許許多多身穿黑衣，衣服上繡著一個偌大的「軍」字，頭上綁著金色巾帶的審判軍，密密麻麻的人影從天而降到藍郝芒長老和喜樂以及小狗阿雪、包立積面前，包立積見狀立刻倉皇拔腿就跑，審判軍們迅速隨後追趕，一群人在超快、中、慢三種磁波運輸跑道上，忽上忽下，上上、下下跳躍、飛奔、追逐著，包立積眼看目前局勢對自己很不利，他知道寡不敵眾，但要衝出這重重敵陣是不容易的，他到底該如何智取，才能全身而退？就在千鈞一髮之際，眼看就要被抓到時，包立積看到磁波運輸跑道下面，突然出現一道光芒，一個缺口，他毫不猶豫迅速遁入，包立積進入後，磁波運輸跑道下面的光芒、缺口，剎那間消失得無影無蹤。

審判軍們不斷在磁波運輸跑道上來來回回搜尋包立積的蹤影，卻遍尋不著，只好收隊回天庭去。

鴨子

藍郝芒長老和喜樂終於登上了那一座高不可測的深山裡的日月湖之路。

隨著日頭穿過懸崖與峭壁間的羊腸小徑，撥開比人還高的濃密草叢，來到河谷一方小小的天地。只見上有綠樹遮蔭，枝繁葉茂鬚根蔓垂，下有亂石壘壘，其中一塊大石上坐著一隻鴨子王，似乎早已知道我們會經過此地，鴨子王從石縫拿出食物來，得意的說：「我『藏』了這些好東西，是要給你們吃的。我和其他的鴨子鎮日在此處守候，已經等了你們幾百年了。」藍郝芒長老一聽，心裡甚為懼怕的問：「你們為什麼要等我們來？」

「藍郝芒長老你不用害怕啦！我們是要來幫助你的，也是為了要幫助我們自己這一族人。」鴨子王很誠懇的說道。

「難道你知道我們要來做甚麼？」藍郝芒長老吃驚道。

「我們當然知道你們要盜取『掩蓋罪惡之草』。」鴨子王不慌不忙的說道。

藍郝芒長老驚懼的倒退了腳步，問：「你到底是誰？」

鴨子王只是微笑著不語，這時已是傍晚，夕陽餘暉裡只見一隻隻鴨子，有頭的、無頭的、斷翅的、缺腳的、瞎眼的，陸陸續續飛到藍郝芒長老身邊來，大家異口聲叫：「藍郝芒長老我愛你，我愛你！」一聲聲是那麼清晰，迴盪在整個山谷裡。

藍郝芒長老嚇得臉色一陣青、一陣白而向喜樂和他的小狗阿雪說：「我們速速離開此地好嗎？」

喜樂很鎮定的告訴她：「藍郝芒長老，牠們應該是善類，請你不要害怕。」

坐在喜樂肩上的小狗阿雪也附和說：「是善類，不要害怕。」

喜樂小心翼翼的問道：「鴨子們請問何方族群？」

坐在喜樂肩上的小狗阿雪也附和說：「何方族群？」

鴨子王微笑著說道：「我們是那傳說中消失了幾百年的黑靈族，幾百年前我們族長不小心殺了地魔—那薩的兒子，整族人被地魔—那薩下了咒詛，成了鴨子一族，而唯一能破除這咒詛的，只有藍郝芒長老身上的那顆『寶貝星星』。只要藍郝芒長老能幫我們解開這咒詛，我們願意做牛作馬來報答你們，甚至幫你們去盜取『掩蓋罪惡之草』。」

心地善良的藍郝芒長老聽完他們的故事，說：「哦！原來如此，我願意無條件的幫助你們解開這咒詛，你們只要告訴我該如何去做。」

鴨子王聞言，心裡非常非常感激，心想世界怎麼會有這麼好的人：「藍郝芒長老只要你把那顆『寶貝星星』塞住那邊的石縫口即可，但是當石縫口爆開時，你那顆『寶貝星星』的法力會劇減一半，藍郝芒長老你捨得嗎?」

藍郝芒長老淡然答道：「既是上帝的東西，就該用於祂所創造的子民，這是理所當然的。」

鴨子王龍心大悅，答：「你彰顯神的榮耀，必定蒙上帝的祝福。」

藍郝芒長老只是苦笑著回答：「謝謝你的祝福，來吧！我要塞住那石縫口，請大家往後退開。」

大家都不知「寶貝星星」塞住石縫口後的爆炸威力是如何強大，只好退得遠遠的。

「寶貝星星」塞住石縫口的一瞬間，開始天搖地動，石縫洞口不斷發出龜裂的聲音，隨後石頭不斷的往下掉落，石縫洞口越來越大，這時裡面的大大小小石頭，不停向四面八方彈飛出來，在外面的鴨群隨即被一股強大的吸力，吸進石縫洞裡，只見鴨群們在石縫洞裡不斷被快速旋轉著，鴨毛不停掉落，不久，石縫洞的一群群鴨子被彈丟出來，一出來，立刻又被丟向天空中，像五彩繽紛的朵朵花兒瞬間爆開，爾後，一個一個手持黑色羽毛傘的黑靈族人，緩緩從天上降落下來，一種穿過歲月裂隙的莫名錯覺，那是時光的交界，又像是走近一段凝縮了的過往光景，是喜悅，是令人期待的時刻。這時石縫口竟然又自然恢復，只是口越來越小，最後莫名消失。

這時「寶貝星星」順勢飛落到鴨子王（黑靈族族長）面前，他伸手順勢接住放進自己衣服裡，這動作只有藍郝芒長老、喜樂和他的小狗阿雪看見了。這時大家興高采烈，手牽著手，把藍郝芒長老、喜樂和他的小狗阿雪團團圍住，又叫又跳著舞，忽然之間把藍郝芒長老、喜樂和他的小狗阿雪高舉起來，一次又一次拋向空中，對著他們又親又抱，真是嚇壞了他們！

藍郝芒長老嬌羞的大聲喊著：「快放我們下來。」

黑靈族人們立刻將他們放下。

藍郝芒長老整理一下凌亂的衣服，正當要向黑靈族人告辭之際，忽然想起那顆「寶貝星星」，藍郝芒長老轉向鴨子王（黑靈族族長）要取回她的「寶貝星星」。

黑靈族族長非常喜歡那顆「寶貝星星」，而起了貪念，說：「甚麼『寶貝星星』？」

藍郝芒長老強調道：「我跟喜樂和小狗阿雪都看見了，你把它放進自己衣服裡。」黑靈族族長繼續裝蒜：「我真的不知道有這回事，一定是你們看錯了吧！」

藍郝芒長老對於黑靈族族長忘恩負義的行為，真是痛恨極了！便大聲叫罵：「忘恩負義的狗屎東西。」

黑靈族族長內心想：「笨蛋的藍郝芒長老，你儘管罵吧！」一副奈我如何的嘴臉。

喜樂和小狗阿雪看在眼裡都相當生氣，

這時所有的族人都靠過來，看看是發生了甚麼事。

厚顏無恥又囂張的黑靈族族長竟然說：「各位族人，我們的恩人藍郝芒長老那顆『寶貝星星』不見了，請問一下，有誰撿到了？」

藍郝芒長老聽了，真是氣得快吐血了。

小狗阿雪冷不防地從喜樂肩上跳到黑靈族族長身上，狠狠把衣服暗袋咬破，叼走那顆「寶貝星星」回來給藍郝芒長老。

藍郝芒長老盛怒之下，下指令叫那顆「寶貝星星」去攻擊黑靈族族長，指令一出，它像飛鏢似的射出一支一支利刀攻擊對方，刀刀不虛發，猝不及防的黑靈族族長，斃命在一支一支的利刀之下。

黑靈族族人看到藍郝芒長老發怒殺死了族長，大家都非常懼怕，深怕她再發怒把整族人都殺光，於是大家紛紛跪下求藍郝芒長老饒命。

藍郝芒長老一面叫大家起來，一面難過得搥胸頓足，咒罵自己失控而殺了人。

藍郝芒長老彎腰深深向黑靈族族人鞠躬，致上十二分歉意，說：「我真的不是有意要殺他的，因我一時的盛怒而害你們沒有族長。」

黑靈族族人們中的一位長者站出來說：「藍郝芒長老謝謝您！替我們除掉黑靈族的罪人，是他害我們變成鴨子，不見天日，消失數百年，這個欺善怕惡的族長，我們早就想撤換，只是我們無能為力罷了，今天真是感謝你！」，黑靈族族人一起附和：「謝謝您！藍郝芒長老。」

聽到這樣的真相，真是感到意外，頓時減輕藍郝芒長老內心的愧疚和不安，她心想，或許所有我們認為負面的事情，上帝都是有正面答案的。對黑靈族族長之死也就釋懷了。

藍郝芒長老見一切已塵埃落定便叫：「喜樂、阿雪，我們該離去了。」。

黑靈族族人們又紛紛跪下哀求：「藍郝芒長老請你留下當我們的族長好嗎?」

藍郝芒長老吃驚卻開心：「大家請起來，謝謝你們的抬舉，只是我們是不同世界之人，我怎能當黑靈族族長?你們該挑選適合你們的智者來領導你們才對，言盡於此，我們必須趕路了!希望有緣再見!」

小狗阿雪也附和說：「再見!」

黑靈族族人們又紛紛跪下目送，答謝藍郝芒長老、喜樂、阿雪。

風草谷

走了許多天之後，來到「風草谷」，這裡的風就像鬼魂一樣竄來竄去，呼呼颼颼。

這裡草長得像海一樣的草浪，風一吹，草兒如一個波峰追逐著另一個波峰似的，自由自在地嬉戲追逐著風，有時又像極一片沒有邊際的海嘯，彷彿作勢要將人吞噬，又彷彿在向人打招呼、對人示好。一望無際、遼闊的草原，沒有邊界，讓人不管怎麼走，感覺永遠都在原地踏步，那四面八方此起彼落的草叢，彷彿永遠沒有出口，藍郝芒長老、喜樂眼見落日將要來臨，又望見草是那麼高、是那麼密，層層阻隔了昏暗的天光，讓人失去方向感，而這時恐懼也適時湊上一腳，像海般的草浪，載浮載沉，讓人心慌意亂，失去信心。

天色越來越黯淡，使人視茫茫，失去方向感，這時藍郝芒長老和喜樂不禁有一種前無退路、後有追兵之恐懼感，只有小狗阿雪在草原上衝來衝去，好不快樂呀！跑累了！就在軟綿綿的草堆上打起盹來。

喜樂憂心的問：「藍郝芒長老，我看今夜我們是走不出去風草谷的。」

藍郝芒長老皺著眉頭問：「我們是不是走錯路了？」

「沒有，去日月湖，這『風草谷』是必經之地，只是沒想到『風草谷』這麼大。怎麼走都走不出去，走來走去，好像都只是在原地打轉。」

藍郝芒長老安慰喜樂不用太憂心，今晚就露宿在「風草谷」，也是件很棒的享受，至少可以呼吸到新鮮無比的好空氣。

喜樂苦笑不已，點點頭。

妹妹溪

「喜樂，那我們去找一處草短、稀疏，較平坦之處，準備歇歇腳。」藍郝芒長老提議說。

風咻咻的吹，草呼颼颼的搖動，夜是那麼深沉，每踏出一步伐都是那麼小心翼翼，深怕踩到埋伏在草叢中窺伺的猛獸、怪物、毒蛇、魍魎，一股腦兒突然衝出或咬了你一口，風颳得草浪不停翻攪，彷彿是惡意的精靈發出狂笑，而不小心觸碰的每一根草葉都覺得是魔鬼的髮絲、蛇的信，藍郝芒長老和喜樂越走步伐越是倉皇無力，這時小狗阿雪邊跑邊逗弄著藍郝芒長老和喜樂，有時咬咬他們的褲管，有時對他們擠眉弄眼或扮扮鬼臉，以致兩人沒有很注意前面的路況，一個不小心兩人同時踩空，大叫：「啊！阿雪快來！」，跌坐下去順著草原山坡形勢，像有一股引力，像是坐飛車似的，快速載動著兩人隨草波逐流，一直滑落，一直滑落，小狗阿雪緊跟在後面。在流滑墜落中，好像迅速穿過時間的擺動，穿過一道又一道光圈，看到自己與時光同行，光速不停在耳邊呼嘯著，死亡的影子不斷跟隨藍郝芒長老和喜樂，驟然與死亡面對面，嚇得臉色一片蒼白，一股無法遏抑的恐懼湧上心頭，兩人心裡猜想這下準完蛋。

不停滑落中，她卻使不上一點力，藍郝芒長老心想自己這次是凶多吉少，自己還不想死也害怕死掉，這時她突然明白生命主權在於上帝，此時此刻，只有上帝能救她，於是她大聲呼叫：「上帝快來救救我們，上帝快來救救我們，上帝快來救救我們。」，連續呼叫數次，呼叫一結束，藍郝芒長老和喜樂倏然停下來，且不偏不倚停在一邊是溪谷，一邊是溪流的空地上，這時雖是夜晚但天色竟漸漸微亮起來，看到彼此毫髮無傷，藍郝芒長老和喜樂站起來，順手拍拍滿身的枝枝草草，頭卻感到一些暈眩，但一想到這樣可怕的經歷卻能平安活下來，感到慶幸，也不禁感謝主，阿雪也跟著叫：「感謝主！」，只是兩人東張西望了一下，還搞不清楚身在何處。

藍郝芒長老和喜樂兩人再一次抖抖衣服，打算往前處走，卻聽到潺潺流水聲，向前跨幾步，即見一條清澈無比、波光粼粼的溪水，喜樂興奮大叫：「哇！這溪水清澈透明，一定很甘甜。」蹲下身，歡喜的雙手合掌，隨後舀起水喝一口，「呸！」一聲，馬上吐出來大叫：「好苦啊！」

藍郝芒長老聞言也跟著蹲下身，雙手合掌，隨後舀起水，喝一口，欣喜的說：「好甘甜哦！喜樂你再試一次看看！」

喜樂不信邪又嚐了一口之後，還是忍不住皺起雙眉說：「真的其苦無比！」

藍郝芒長老疑惑又喝了一口，說：「不會苦啊！是很甜的滋味。」

阿雪也跟著喝，只見牠大口大口的喝。

喜樂見狀不信邪又嚐了一口，五官皺成一團的說：「這次更苦了！」

藍郝芒長老傻眼了，陷入沉思，驀然有所悟的大叫：「我想起來了，這條叫『妹妹溪』，又叫『女人溪』。」

傳說中在幾百年前這裡住著三個好哥哥和一個美麗的妹妹，他們三人非常疼愛唯一的妹妹，三人靠著打獵為生，自己經常有一餐沒一餐，但給美麗妹妹的卻是餐餐豐盛，後來三個哥哥發現妹妹一天一天的長大而且越來越漂亮，他們想給妹妹更好的生活，兄弟三人就想到城裡找工作，以換取更多的錢，把妹妹裝扮得更漂亮，日子過得更舒適，於是將妹妹獨留在山裡，但是哥哥們一去，居然毫無音訊，其實她的哥哥在那一天往城裡的半路中，被野獸給吃了，而村裡的人，怕她太傷心，以致不敢將真相告訴她。日子一天一天的過去，妹妹在家等得心慌意亂，天天跑到山頂上去呼叫哥哥們的名字，有一天一個不小心跌落山谷，沒有人發現她，她只好整天坐在山谷裡的溪邊哭泣，邊流淚邊問溪水，她的哥哥為什麼忍心拋棄她，害她一人孤苦伶仃，滴滴淚水都是恨、都是怨的控訴哥哥們的無情無義，她的淚水就在怨恨中流盡，妹妹的淚水含著太多太多的苦毒和恨，而她流下的眼淚，每一滴、每一滴都掉到溪裡，最後她流乾眼淚也含恨而死。這條溪裡的水，從此變得更透明，但是只有女人可以喝，男人喝都是苦的。

解脫

喜樂聽完心有戚戚焉的說：「原來她的怨氣盤繞著這溪水。」

藍郝茫長老聳聳肩：「這沒有人不知道。」

喜樂天真的說：「我們來幫她好嗎？」

藍郝茫長老心裡想不要自找麻煩，看一看天空說：「天已經很亮了，我們還是趕快上路吧。」

喜樂不敢違背藍郝茫長老的話，但在臨走之前，他突發奇想，大聲對溪水說：「溪水妹妹，你的哥哥沒有遺棄你，他們在往城裡的那一天就被野獸給吃了，才無法回來看你，你不能再恨他們了。溪水妹妹，願我的主、我的神，幫助你釋放心中所有的苦毒和怨懟，讓你的心充滿喜樂和平安。」話一講完，山谷瞬間烏雲密佈、陰暗下來，似風暴將至的前兆，一陣悶雷響起，倏然風颳起整條的溪水，在上空連續翻轉好幾回合，天忽明忽暗，反反覆覆閃爍後，那「風草谷」堅固的山石竟然動了起來，此時她從天上風裡的上端出現，顯現出美麗動人的模樣，像是用晶瑩剔透的水珠繪成的影像，她用細細柔柔含著哀怨的聲音說：「謝謝！你們為了我解開我心中的苦毒，其實我在死後已經知道哥哥的死，但我就是恨，就是不明白，為甚麼會沒有人願意告訴我。所以我心裡一直很苦，才不甘心的一直死守在這裡，我靈魂不散就是為了讓人知道我的內心充滿著怨恨，我就是不甘心我多年的等待像風中輕舞飛揚的花瓣，逐漸被時間的河流沖刷、淡化而流逝，而我那多年的悲傷，在若干年後竟然只是船過水無痕，無人聞問，事實上多年的等待，我真的只是想要有一個人能對我說出哥哥早已死、真的沒有遺棄我的真相。」

她不禁輕輕嘆息：「今天我終於等到有人能告訴我哥哥是因為死了，而不是不要我，化解我心中的怨氣。謝謝你們，再見！」轉眼之間，她似乎隨風而遠去，溪水在瞬間又全部落下且恢復平靜。若想要追索到她的蹤跡，好像只能在飄動的髮絲，在飄動的衣裙裡，在擺動的樹梢，感覺她漸漸消失。

喜樂喜出望外，立刻前去溪邊舀起水喝了一口，大聲歡呼：「好甘甜！」

藍郝芒長老誇讚：「喜樂你又做了一件善事喲！」

喜樂摸摸自己的頭，露出靦腆的笑容說：「我只是歡喜去做。」

準備繼續往前走時，阿雪又開始汪汪叫，頻頻嗅著泥地轉來轉去。

藍郝芒長老和喜樂見狀，相視一笑：「阿雪你又要嗯嗯了！」阿雪「汪」一聲後，再一次強調說：「是要減重，是減重。」隨後搖搖尾巴，擺一個最美的姿勢，再轉個圈，一溜煙跑到隱密處解放去了。

兩人相視而笑。

出了「風草谷」，走了一天一夜之後，來到眼前的是一片開闊坦蕩又鮮麗赤裸的大地！到處像是刻意渲染的瑰麗色彩，而讓大家驚奇的是，在這深山裡竟然暗藏這樣乾燥荒蕪的深處，地是貧瘠得再不能貧瘠的岩石，卻如鬼斧神工的畫筆，揮灑這般密密疊疊，層層次次，宛若波浪起伏般盪漾開，美輪美奐的祕境，是藏著巧奪天工、壯麗懾人的自然雕琢，不知是上帝的傑作，還是精靈的傑作，這荒地的美景，讓藍郝芒長老和喜樂發出一聲一聲的驚嘆聲，倆人貪戀而稍作滯留，但他們又很害怕從這壯麗懾人的自然美景四周，會不會又跑出甚麼妖魔鬼怪來嚇唬人，因此滯留當中，總是不停的眼看四面耳聽八方。在飽覽美景之後，加快腳步繼續往前走竟峰迴路轉，路寬僅容一人側身而過的極窄峽壁深處，地形如漏斗般往下傾斜，而且一片漆黑，但聽到下面有水緩緩流動起來，這是唯一的路，藍郝芒長老和喜樂只好順勢滑下，看見那流水隨著光影明亮處流瀉，喜樂抱著阿雪和藍郝芒長老臥躺著，讓深度漫過身體一半的水流載往那光影明度處流瀉，明明一眼望去就是出口，亮光就在前面，兩人想應該一下子就到了出口，豈知水一直流，有時很快，有時又慢下來，有時蜿蜒的水道盤旋迂迴，整個人隨著地形水勢彎來彎去而心情也跟著忐忑起伏，又不時瞧見相隔不遠之處，有滾滾的土石流不斷翻落，挾帶著有大、有小，滾動而下的石頭，其勢如撼動整座山，令人驚心動魄。那滾滾土石流的流道忽遠、忽近與他們並行，轟隆隆的響聲，令人心驚膽跳，嚇得喜樂緊緊抱著阿雪，藍郝芢長老額頭上、身上不斷直冒冷汗。

喜樂轉頭往上仰，大聲問：「藍郝芢長老，現在我們要怎麼辦？」

藍郝芢長老驚懼的回答：「喜樂，我也正想問你，我們現在該怎麼辦？」

阿雪應聲說：「怎麼辦？」

喜樂心煩的叫道：「阿雪你給我閉嘴。」，用一手去摀住狗嘴。

藍郝芢長老一想到生命主權在於上帝，自己就感到很無奈，說：「喜樂，會死、會活都是天命註定的，我們就認命吧！由上帝去安排吧！」

此時的藍郝芢長老嘴裡這樣安慰喜樂，但她心裡真的不想死，卻又無法扭轉局勢，倏然，抬頭看到天上有一位神正傾瀉而下，她毫不思索的大聲呼叫：「上帝快來救救我們，上帝快來救救我們。」，一呼叫完，藍郝芢長老和喜樂因太睏倦而不知不覺沉沉睡去。

當藍郝芒長老和喜樂醒來時，已經躺在地上，當睜開眼睛一看，耀眼的陽光太強，令人睜不開眼，耳朵卻聽到一陣陣嘶嘶聲，使得藍郝芒長老和喜樂不得不努力睜大眼睛一看，竟發現被一群長相令人作嘔的人圍著，一個一個用怪異的眼神盯著他們看，大家七嘴八舌，又不時交頭接耳的講著話，且不時指著藍郝芒長老和喜樂說話。

藍郝芒長老和喜樂客氣的問：「請問各位是何方族人？」

水蛭

那些長相醜陋的水蛭養殖人，你看我，我看你，神情突然黯淡下來，有些紅著眼，有些哭泣，有些抽噎的回答：「我們也不知道從何處而來，也不知道自己是誰，因為我們的記憶體已經被水蛭吸乾了，我們只記得好像跟你們一樣是從那一條流水瀑布掉下來的，然後就一直活在這裡。」

「這裡四周都沒有通路，是一處死穴，根本沒有人出得去。而且一到這裡嘴巴馬上感覺異常口渴，然而這裡什麼東西也沒有，只能喝那一口井的水，只是喝了這金黃色亮晶晶的井水之後，頭蓋就會被掀掉，腦袋瓜就變成水蛭養殖場。」

「所以你們絕對不能喝。」這一群水蛭養殖人好心的警告。

「這個井裡的水，異常沁涼，喝下去之後，馬上感到不再口渴，而且像有一道靈氣遊走全身上上下下，似乎幫你打通所有被阻塞的穴道，使人感覺全身筋骨活絡、血脈暢通，讓人精神顯得十分亢奮，好得不得了，心情特別舒暢，所以喝了還想再喝，沒有人知道一喝就上癮了，但是不久之後，我們的頭頂上開始掉頭髮，接下來頭蓋莫名被掀掉，腦袋莫名變成水蛭的世界。」

「而控制我們的是水蛭蛇魔，每隔一段時間就來抓拿一個人腦袋上的水蛭回去吃，後來我們才知道這是牠的食物，水蛭蛇魔為了方便捉取養在我們腦袋上的水蛭，只要一來到這裡的人，首先都會被帶到一間裝滿「強光」的密室，牠再用牠那奇異的吸力魔法，扯掉我們殘存的頭髮，在掀掉整個頭頂的頭皮後，開始放養小水蛭，讓牠吸我們的血而長大。所以你看到這裡的百姓頭頂都是被掀開的，腦裡充滿一隻一隻細細的，黑黑的水蛭，像吸盤般緊緊寄居在我們腦袋裡，又不停蠕動著身體，真令人作嘔。」

一股寒風鑽進藍郝芒長老和喜樂身體溼透的衣服裡，心裡直打哆嗦，喜樂卻止不住好奇的問：「你們不會感到不舒服或疼痛嗎？」

腦袋長滿水蛭的人說：「會呀！但感到不舒服或疼痛時，只要喝了那口金黃色亮晶晶的井水就會忘記疼痛而忽略了不舒服的感覺。」

喜樂又問：「難道你們不想離開這裡嗎？」

水蛭養殖人回答：「想啊！但怎麼樣離開？沒有那口金黃色的井水，我們根本活不下去。」

喜樂恍然大悟，喃喃自語道：「原來水蛭蛇魔，就是用那口金黃色的井水來控制他們的。」

藍郝芒長老害怕的說著：「喜樂，現在我們該怎麼辦？」

喜樂一樣感到恐懼的回答：「藍郝芒長老我也不知道該怎麼辦。」

這時，嗅覺敏銳、警覺性很高的阿雪似乎聞到一股味道而汪汪叫起來。

這時從那口金黃色井旁的地底下，像有萬隻黑蜂齊飛出來似的，迅速捲動飛衝上天，只見一片黑壓壓，不停嗡嗡響著，瞬間又從空中落了下來，出現一個金黃與黑色交錯的蛇身又似水蛭般細細的頭，只見兩小點的兩顆眼睛混合體狂笑著：「你們真是傻得不得了，天堂有路你們不走，地獄無門卻送上門來，藍郝芒長老、喜樂你們倆就認命，乖乖在這裡當我的食物—水蛭寄居的養殖人吧，哈哈……。」

喜樂見情況不妙，立刻拿出「高高杖」對水蛭蛇魔揮棒過去，喜樂每揮一棒，只見水蛭蛇魔神定氣閒的稍稍扭動一下身體立刻閃躲過去，喜樂的「高高杖」棒棒落空，水蛭蛇魔為此狂笑得更大聲，氣焰十足的說：「你那支『高高杖』對付不了我的，哈哈哈哈……。」

水蛭蛇魔之死

喜樂心裡也很清楚「高高杖」是對付不了牠的，但是面對生死關頭，總要孤注一擲，全力拼了。

阿雪見狀也跳上前幫忙，牠向左轉三圈就不見，跳到水蛭蛇魔身上被水蛭蛇魔發覺，水蛭蛇魔全身迅速捲起，將阿雪甩出去，在被甩出去時，阿雪咬到水蛭蛇魔的尾巴，水蛭蛇魔憤怒揮動牠的黑色衣擺把阿雪重重摔倒在地而現出蹤影，此時的阿雪痛得哇哇叫。

水蛭蛇魔見喜樂又揮棒過來，牠輕輕一吹把喜樂瞬間彈起又狠狠將他甩落地，看著狼狽不堪的喜樂，用可憐的語氣說：「你不要白費力氣了，你不是我的對手。」又嘆一口氣，看了柔弱的藍郝芒長老一眼，說：「我還以為來了一對道行高超的至尊者，原來只是兩個愚蠢的狗奴才而已，真是太令我失望了。」語畢，又捲起萬丈沙準備離去。

藍郝芒長老一聽氣急敗壞的叫道：「水蛭蛇魔你給我站住，你這個吃人不吐血的壞東西，今天我一定要你拿命來償還。」

水蛭蛇魔哈哈大笑又飛上天，捲起萬丈沙把自己裹藏在其中，對著地上的人說：「藍郝芒長老就憑你，你還是省省力氣吧！」

藍郝芒長老看水蛭蛇魔囂張不屑她的樣子，憤怒的她，立刻全神貫注，用力把五官皺成一塊，重重從口吐出一口氣，冷冷的白色氣體吐向水蛭蛇魔身體，一剎那，水蛭蛇魔還來不及喊叫「啊！」一聲，瞬間已被凝結為冰凍人。

這真是替喜樂出了一口怨氣。

水蛭蛇魔試著掙脫這法力，一分一秒的過去，變成白皙皙的冰凍人之水蛭蛇魔，依然拼死拼活的掙扎，喜樂見狀對冰凍人—水蛭蛇魔叫囂著說：「你不是很厲害嗎？來啊，趕快跑出來。」

說完了，又踹了水蛭蛇魔一腳，牠變成冰柱的身體開始產生變化，發出嗶嗶啵啵響聲，一轉眼，身體龜裂成碎塊，化為一灘水。

頓時，隱藏在四周石壁中千千萬萬的螞蟻，突然傾巢而出，向著藍郝芒長老和喜樂而來，越靠近他們爬的動作就越快，兩人瞧見此情景嚇得一臉蒼白，不知如何是好，藍郝芒長老正想施展「冰凍氣」法力之際，發現成千上萬的螞蟻爬到他們兩人腳前時，自動繞過去，故意避開他們，向著水蛭蛇魔身體處前進，吸取水蛭蛇魔龜裂成碎塊的身體。千萬隻

螞蟻在水蛭蛇魔的那一灘水四周不停鑽動，

每隻吸喝過水蛭蛇魔身體的螞蟻，竟然在瞬息之間，不停冒出一圈圈濃濃黑煙霧，整個黑煙霧隨即衝上了天，等煙霧變成白色時又緩緩從天降下地面，之後從那白色煙霧裡就走出一個人來，一隻一隻的螞蟻，一會兒都變成一個一個的人，大家一致走到藍郝芒長老和喜樂面前並開口說：「謝謝藍郝芒長老和喜樂。」

他們兩人完全搞不清楚這是怎麼一回事，便問螞蟻人說：「你們怎麼會變成螞蟻被囚禁在四周的石壁裡？」

螞蟻王立刻站出來說：「這裡叫谷壁穴，是我們白雪族的世居之處，雖然是谷壁穴很小，但是陽光整年無休，相當適合我們白雪族居住，因為我們白雪人不能一天沒有陽光。

水蛭蛇魔看上我們谷壁穴這個好地方，為了佔為己有，水蛭蛇魔假冒上帝的使者，有一天來到這裡對我說，牠是上帝派來的使者，牠說上帝看到我們白雪人越來越多，這裡太擁擠而且擔憂這裡遲早會容納不下，牠知道有一個地方比這裡更大，陽光更充足，物產更豐富，更適合我們白雪族居住，邀我們整族立刻前往，我一聽信以為真，馬上召集整族人遷移，結果一出谷壁穴之門不久，太陽就下山了，白雪人一失去陽光，全部的人立刻昏倒在地。水蛭蛇魔趁機施了魔法將我們變成螞蟻，關在石壁中，並對我們說我們若想還原成人樣，除非在牠死了之後，我們吃了屍體才可能。」

水蛭養殖人見狀心生羨慕的哭泣起來：「白雪人你們怎麼這麼好運，可以變回原來的模樣？」

這時，其中有一個白雪人的智者聽見之後，立刻站出來對著所有的水蛭養殖人說：「你們趕快去吸喝水蛭蛇魔身體變成的那一灘水，就能恢復成正常人。」

大家聞言，臉上露出難得一見的充滿希望的臉色。

一窩蜂往水蛭蛇魔的屍體跑去，擠成一團，你一口、我一口的喝取著，一會兒，一個一個開始發出呻吟「呀！呀！」的聲音，頭上的水蛭，開始一隻一隻發出嘩啦啦的聲音後，天上變成一片黑暗，水蛭趁著黑雲遮天時，迅速逃掉，這時水蛭養殖人頭頂的頭皮漸漸癒合，連頭髮也快速長出來。水蛭蛇魔身體變成的那一灘水剛剛好夠大家喝，一滴也不剩。

當成千上萬的螞蟻傾巢而出的一剎那，四周石壁驟然崩倒，一條寬廣的路驟然的呈現在眼前，天空也變得明亮了，而溫暖和煦的陽光露出臉來，水蛭養殖人見到光明世界，一個一個歡天喜地，手舞足蹈的大聲歡呼：「自由了！自由了！」

爾後，大家心存感激的向藍郝芒長老和喜樂說：「謝謝你們兩人，救了我們，願上帝的恩典，常與你們倆同在。」

藍郝芒長老和喜樂一樣很開心，異口同聲的說：「這是我們應該做的，也願上帝的恩典，常與你們同在。」

這群水蛭養殖人，恢復正常之後，想起自己的家來，只想盡快離開這恐怖之地。於是向藍郝芒長老和喜樂說：「我們想要回家去了。」

「好啊！那就趕快回去吧！」藍郝芒長老和喜樂十分開心他們能變回正常人。藍郝芒長老和喜樂跟他們一一揮手道：「再見！」，兩人目送他們一一離去。

藍郝芒長老和喜樂望著他們離去的背影漸漸隱沒。

此時，藍郝芒長老和喜樂兩人找了一處高地，坐了下來歇歇腳，也深深喘了一口氣。

藍郝芒長老不禁感嘆說：「我從來不知道這座山居然隱藏這麼多黑暗世界的勢力。」

喜樂微笑的回答：「你不知道的事，還多得很。不過說不定這也是上帝看為美好的事。」

藍郝芒長老睜大杏眼說：「真的嗎？」

「誰知道是不是真的？有機會與上帝相遇時，我再問問祂好了。」喜樂開玩笑的說著。

語畢，兩人會心一笑。

藍郝芒長老不經意抬頭眺望遠處的山頭說：「這裡應該離日月湖不遠了。」

喜樂也轉頭望了一下遠處，順口回答：「應該是，大概還有三、四天路程吧。」

「想不到我們腳程還挺快的嘛！」藍郝芒長老欣喜又訝異的說。

喜樂微笑的點點頭。

「喜樂，我們該啟程了。」藍郝芒長老看到天將暗了而輕聲叫著。

她看喜樂動也不動，好像毫無啟程的意思，突然之間，她深深瞧了耿直不阿的喜樂一眼，好奇的問：「喜樂，一路上遇到這麼多危險，你有沒有暗萌退縮的念頭？」

喜樂毫不考慮的回答：「沒有。」

藍郝芒長老看著喜樂一臉堅定不懼的表情，驚訝不已的問：「真的！那是甚麼力量讓你如此毫無懼怕、勇往直前、視死如歸？」

喜樂笑著說：「藍郝芒長老你太抬舉我，我不是毫無懼怕、視死如歸，而是我愛我的主人，我要忠於的主人—王海道僕人。當然身為一個隨從最重要的就是『順服』，這是隨從應盡的本分。」

「我不相信『順服』，就會讓你心甘情願為王海道僕人出生入死，你一定有隱藏什麼不可告人的秘密，對不對？」藍郝芒長老內心充滿某種疑問。

「奇怪，藍長老你怎麼會這樣想？難道你不知道我們身為神國的隨從，就是要遵從『順服』的誡命，是不能有其他的選擇的？」喜樂笑了起來。

「我真的難以置信光憑『順服』的本分，就能做到視死如歸的追隨。」藍郝芒長老還是不死心，一副打破沙鍋問到底的態度。

這時，喜樂臉上閃過一抹陰鬱，說：「其實不是我故意要隱瞞事實，而是我真的不想、且不願再憶起這段『痛苦的事』。好吧！但看你是一個善良的好人，我就告訴你，我為甚麼對王海道僕人會視死如歸的追隨。」

「唉！這說來話長，我曾經也是天使，因神的恩待，使我年紀輕輕就擁有一身好功夫，靠著一身好功夫的本錢，到處惹事生非，為非作歹，後來竟然打死人，神知道非常震怒，要將我一掌劈成兩半，打入陰間。當然我們天使被定罪之前，都會在審判庭上先進行執法審判，在審判當中，神的眾僕人都要出席，神要藉此讓眾僕人提醒自己不能犯錯。

當時神執意要將我一掌劈成兩半，打入陰間，是王海道僕人出來求情的，他跟神說我是心地厚道，只是年輕氣盛，一時失控，求神再給我一次機會，並向神再三保證，他一定會好好教導，使我完全洗心革面，從新出發。神就應允王海道僕人的求情，但唯一的條件是收回我的恩賜─功夫，神賜我那一支『高高杖』，但只能用於護身。」，雖然他很不願再憶起那一段慘綠的少年歲月，但是它依然揮不去，這是一個存在的事實，喜樂淡淡然說著自己的故事。

藍郝芢長老一聽完，訝異又不解的問：「你是個天使，那你做王海道僕人的隨從，不是很委屈?你不怕被人矮了一截?」

「我又不是人，所以是不會不在乎人的眼光的。」喜樂失笑一下。

藍郝芢長老恍然大悟也跟著笑起來，說：「對哦!我差一點忘記了。」

藍郝芢長老想到此，心雖有顧忌但又很想聽聽喜樂的想法，便問：「喜樂你知道許多人都在議論王海道僕人的能力不足，你對這事的看法呢?」

「其實我為王海道僕人感到委屈，大家用高標準來檢視神的僕人，是錯誤的觀念，而把他當成全方位的僕人，更是不對，對他傷害很大，畢竟他也是肉身，我承認我的主人屬靈的能力不好，包括講道、唱詩、智慧都略顯不夠，但每個人的恩賜（專長）不一樣，像他性情溫和、熱心、有耐心。唉!人太複雜，心又難測。我想即使再完美的神的僕人，人還是一樣能找出他的缺點。」

「感謝主!他擁有你這樣忠心愛戴他的隨從。」藍郝芢長老心歡喜的說。

藍郝芢長老再一次很認真的問喜樂：「你跟隨這樣能力不足的主人，真的不會感到顏面盡失嗎?」

「那是人的看法，在我眼裡王海道僕人，是個樣樣都很棒的人，其實上帝評論人的角度，跟我們是不一樣的，上帝檢視人的角度是『面』，而人只看『點』，上帝的眼光是寬闊的，人的眼光是狹窄的。」喜樂一副引以為傲的語氣，堅定的回答。

聽到這樣肯定王海道僕人的話語，藍郝芒長老滿心歡喜：「王海道僕人真是幸福，能擁有你這樣忠心愛主的隨從。」

喜樂微笑以對，只是他不明白藍郝芒長老為何一直追問他對王海道僕人的觀感。不過同樣的他對藍郝芒長老的忠心、包容也很感到稀奇，便趁機單刀直入的問：「藍郝芒長老，其實我也好奇，為什麼不管甚麼人對你述說王海道僕人的能力不足或他做甚麼壞事、錯事時，你總是默默不作聲，甚至還會為我的主人—王海道僕人辯解並袒護著，甚至為了他，不惜跟其他三位長老翻臉？」

藍郝芒長老四兩撥千金，輕輕鬆鬆的說：「如果把一切事的焦點，都定睛在神身上，一切就不是問題了。」

喜樂更稀奇的問：「你這麼愛神，為甚麼還會幫我的主人去盜取『掩蓋罪惡之草』？」

「哦！我是以人，以世俗的想法來對待王海道僕人的，我想他既為人，犯錯事，是難免的，再說連我身為長老也沒有盡到督導之職責，才會讓王海道僕人有機會犯錯。」很坦白的告之。

「可是光靠你對神的愛之力量，是很難產生這麼大的勇氣去為他赴湯蹈火跟做違背神心意的行為的，其實你是愛王海道僕人的，對不對？」喜樂還是質疑且一語道破藍郝芒長老的心思。

藍郝芒長老聞言，腳步踉蹌的倒退了一下，驚惶慎重的告訴喜樂說：「這話是不能亂講的。」

喜樂看看她面露難色，嘆了一口氣說：「其實我是好心想要提醒你，神的僕人是不能和凡人結合的。」

藍郝芒長老心知肚明喜樂所言，但她希望這是屬於她個人的秘密。

她相當心虛的說：「我們談到此為止，上路吧！」

喜樂識相的回答：「好吧！走。」

神奇禿森林

再一次啟程時，兩人各有所思，彼此無語行走在濃蔭覆蓋下的蜿蜒山徑，更顯得陰陰鬱鬱的。不久抵達一個山洞的入口處，兩人不由得傻了眼；這洞穴怎麼看起來，一副久未被造訪的雜草煙漫荒涼景象，會不會是走錯地方了？但見阿雪卻興奮快樂，自顧自的往前衝入，連回頭看一下都省了，害藍郝芒長老和喜樂只能毫不遲疑地捨命陪君子走進去。

走入不久，即出了山洞之後，藍郝芒長老心裡疑惑不已的說：「剛剛明明是大白天，為什麼走進這一片光禿禿的樹林之後，天就整個暗了下來？而黑暗中卻有一顆顆亮晶晶又黃澄澄的且滑溜輪轉著的發光球體，高掛在光禿禿的樹上，像是水晶般透明，又像是小小星星似地發出亮光，而發光珠體卻流露虎視眈眈的敵意，令人不禁膽戰心驚。其實那是巨大烏鷹的眼睛，他們深怕一個不小心惹毛這一顆顆發光珠體而群體發動攻擊。」

喜樂輕聲細語說：「這一片烏漆漆的森林叫神奇禿森林，未被烏鷹佔據之前，這些樹一年四季都是光禿禿的而樹幹卻是黑得發亮，這些黑樹會在春、夏、秋、冬四季節交替後的一星期，不停地長出一葉又一葉嫩嫩的白色嫩芽與結出一顆一顆的黑色小丸子，聽說那白色嫩芽和黑色小丸子含有叫「快速生長激素」的東西，會使人或動物長得既強壯又巨大，而且一年只要吃四次，即可維持一年不飢餓的狀態。

後來因有一隻烏鴉王率領烏鴉群和黃鷺鳥類打架，死傷慘重，敗得一塌糊塗，還被黃鷺鳥類大大恥笑：「烏鴉呀！烏鴉長得又醜又笨，唱起歌真難聽，大家走光光，打架也不如人，真是悲哀的一群，不知你們活著還有甚麼意義？」烏鴉王聽得顏面盡失、傷心欲絕，自認對不起烏鴉們，烏鴉王就飛離烏鴉群，找一個地方，想自我了結，烏鴉王邊飛邊流淚，淚眼模糊的拼命飛啊！飛，竟然不知不覺飛到神奇禿森林裡，正想準備自殺時，聽到兩個老公公的對話；其中那一個瘦老公公開口說：「我們倆這麼老了，所剩的歲月也不多了，我們若老死了，這一片神奇禿森林就無人可看顧。這神奇禿森林裡的樹會長出白色嫩芽和黑色小丸子，當中含有叫『快速生長激素』和『強壯激素』的東西，會使人或動物長得既強壯又巨大且勇猛，萬一淪落壞人手裡可就慘了。」

另一個胖老公公安慰他說：「你不用杞人憂天，煩惱那麼多，凡事萬物的結局，天地間的主宰者自有安排。」

瘦老公公豁然開通的說：「對呀！我老是忘了人的有限，神是無限的。」

烏鴉王一聽如獲至寶，立刻打消自殺念頭飛回巢穴。

烏鴉王準備帶領整群的烏鴉前來佔據，當他們來到神奇禿森林裡，發現森林空無一人，烏鴉王大聲叫：「胖老公公、瘦老公公！」，瞬間只見遠處兩束白色龍捲風陣的雲層「咻、咻」地往上飛去。

這樣的因緣際會下，牠們輕輕鬆鬆的佔有神奇禿森林，開始吃那白色芽和黑色小丸子，靠著它，漸漸的那一群烏鴉蛻變成一隻隻又凶又大的烏鷹。由於這些又凶又大的變種烏鷹習慣白天展開黑黑、巨大的翅膀掛在樹枝頭的頂端，一隻隻密密麻麻的身影綿延數公里，把天給遮蔽了，現在這一片烏漆漆的森林就變成了黑森林。」

喜樂一面說一面指著樹頭上的烏鷹，這舉動似乎惹怒那幾隻兇猛的烏鷹，目露兇光，張開血盆大口，震動翅膀，展翅朝向他們飛來，飛翔時，還不停發出一陣一陣吼叫的嘎嘎聲的攻擊訊息。

回家鳥

阿雪看到情況危急立刻汪汪大叫，示意藍郝芢長老跟喜樂快點靠過來。

兩人立即過去緊緊靠著牠身體，阿雪馬上向左轉三圈隱形，三人戰戰兢兢的放輕腳步、彎著身慢慢往前走，大家深怕一個不小心被發現行蹤而給巨大的烏鷹叼走或一口吃掉。

烏鷹們不見獵物的蹤跡，開始瘋狂到處飛來飛去，不停在他們三個頭頂上空盤旋搜索，害藍郝芢長老跟喜樂且走且停，嚇了一身冷汗。此時不知為何藍郝芢長老那一群貼身的寵物—提著燈籠的「火金姑」，突然燈籠一閃一閃亮起來，巨大烏鷹追著「火金姑」的光，胡亂啄起來，喜樂屁股被啄到一下，痛得哇哇大叫，不禁破口大罵那一群「火金姑」：真是笨得要死，連白天跟黑夜也分不清楚，藍郝芢長老跟阿雪聽了吃吃竊笑，藍郝芢長老趕緊叫「火金姑」滅燈。巨大烏鷹看不到亮光就不再亂啄一通，但繼續在上空盤旋搜索著。

藍郝芢長老跟喜樂才稍稍鬆一口氣，保持如臨深淵、如履薄冰般的心情穿過這片黑森林，雖然只有幾百公尺長，卻讓他們感覺似乎走了一世紀之久。

當他們看見守護著綠森林的兩棵紅紅似火鳳凰樹已經近在眼前時，知道綠森林已經離這裡不遠，心情也稍稍放鬆一點。

離開神奇禿森林，來到入綠森林前兩棵沒有樹葉的鳳凰樹下，阿雪立刻右轉四圈，大家一起現身出來，不禁大大地喘了一口氣，一邊拼命吸取新鮮空氣，一邊看著它的鳳凰樹花兒爭奇鬥豔開滿了枝椏，綻放如著了火似的花朵，一團火紅紅的色彩似欲將人吞噬火焰之中，其實它是綠森林的守護神，聽說這一團火球能分辨好、壞人，若是好人，它就讓他輕輕鬆鬆過關進入森林，若是壞人，它就變成熊熊火焰活活將他燒死，只是綠森林現在被「回家鳥」佔據，不知綠森林的守護神是否能能分辨好、壞人呀？

喜樂不能確定那兩棵鳳凰樹是不是傳說中的一團火球，其實不管如何，他們還是得勇往直前越過那一團火球，才進入林蔭遮天的綠森林，綠森林是往日月湖必經的路，而且在面對後有追兵的情形之下，前面的路是他們唯一的選擇。

於是三人毫不考慮的衝過兩棵鳳凰樹盛開的那一團火球，當衝入的瞬間原本長在樹上的那一團火球開始旋轉堵住入口，而且速度越來越快，他們根本無法越過，在不得已的情況之下，藍郝芒長老只好使用「冰凍氣」法力，全神貫注，用力把五官皺成一塊，重重從口吐出一口氣，裊裊寒霧瞬間將一團火球凝結為冰凍，待它龜裂成碎塊，化為一灘水時他們才順利進入綠森林。

跨進林蔭遮天的的綠森林，映入眼簾的是一片綠意盎然，枝繁葉茂，一片欣欣向榮，明亮又暖和的陽光從葉子間隙傾瀉而下，一股清新的空氣襲面而來，這感覺真是棒透了，他們踩著細碎的光影，享受著迎面拂來的舒爽涼風，他們的心情跟著愉悅起來。

他們三個便在林蔭遮天的綠森林坐下來歇歇腳。

驀然，眼前飛過一群群綠鳥，牠頭上除了一撮是白色毛之外，全身都是綠色，翅膀卻像綠葉般，又叫「回家鳥」，綠鳥喜歡唱歌，常常唱著悅耳的歌聲，聲聲扣人心弦，引人入勝。當你全神貫注，仔細聆聽那動人的歌聲時，你的心已經被牠完全迷惑住，失了心志，任由它牽著你走。它的歌聲會讓人心裡產生一種順服的力量，牽引著你屏氣凝神，帶領著你的心靜下來，當你聽清楚牠到底在唱些甚麼的時候，牠就會唱著：「孩子請你回家吧！回家是最好的路。就是現在，請你轉過頭來，往回家的路走，這是最好的選擇，是我最樂意看到的事，讓我好好伴你走一程。」。

這歌聲會令人得了暫時失憶症，令人忘記你是為何而來的，因為「回家鳥」不喜歡人經過綠森林，不喜歡人去日月湖。

藍郝芒長老嘖嘖稱奇：「好奇特的鳥。」

喜樂又指著眼前這片綠森林，說道：「還有更奇特的事，你跟阿雪現在抬頭，仔細看看這一片枝繁葉茂、青翠、綠意盎然的樹葉，那一葉一葉是甚麼東西？」

藍郝芒長老直率的回答：「是樹葉，樹葉有甚麼好看的？」

「不，不，它不是一般的葉子，哦！應該說它不是真的葉子，你仔細再瞧瞧。」喜樂強調著。

藍郝芒長老好奇的抬頭，仔細一瞧，大聲尖叫著：「天啊！那不是真的樹葉，是一隻隻的綠鳥翅膀串成的一片綠森林。」

尖叫聲太大，引起一陣回音，一群群綠鳥受到驚嚇，不由自主的開始唱歌；「孩子請你回家吧！回家是最好的路。就是現在，請你轉過頭來，往回家的路走，這是最好的選擇，是我最樂意看到的事，讓我好好伴你走一程。」。

喜樂見情勢不妙，叫道：「完了！綠鳥開始唱歌，快跑啊！記得摀住自己的耳朵，不然我們會被遣送回家。」

三人慌張又害怕的跑在這一片枝繁葉茂、綠意盎然的樹林裡，只見眼前的路，深沉又遙遠，無盡的綠油油，好像是一片跑也跑不完的森林，藍郝芒長老和喜樂跑得不但氣喘吁吁且汗背夾流卻不敢停下來，而這時小狗—阿雪卻生氣了，不想跑了，火氣十足的跑去咬每棵樹幹，那長不出葉子的樹，被小狗—阿雪尖銳的牙一咬，痛得拼命左右擺動枝枝幹幹，讓棲息在上面的一群群綠鳥，受到驚嚇，停止唱歌，立刻飛了起來，齊聚在空中盤旋，發出一聲聲尖叫，阿雪得意洋洋，悠悠哉哉的走出綠森林。

這讓早已狂奔出綠森林的藍郝芒長老和喜樂嚇出一身冷汗：「阿雪的膽子真大。」

阿雪狗頭仰得高高的，神氣得不得了，轉個圈叫了一聲：「汪！」

藍郝芒長老和喜樂被牠逗笑了。

草繩坡

走著走著，三人來到「草繩坡」下，望著這一道既高又陡峭，表面光滑得不得了的坡牆，心想人一爬上去必定馬上滑溜下來，坡沿上卻垂下一條條綠油油和棕色似草繩似藤條般排列相間整齊的東西，在片片肥厚的綠葉間隨著徐徐微風擺動著，一條條似綠草繩似藤的每一段枝節裡，掛著如同風鈴般的花朵，在風中花枝招展的搖擺。人人看了都會忍不住想去親聞一下。而爬上這道「草繩坡」後就是日月湖了。

藍郝芒長老和喜樂以及阿雪三個歡喜的叫道：「哇！好棒，終於要到日月湖了。」

藍郝芒長老眼睛一亮，歡喜的叫著：「哇！真是漂亮啊！」，很自然想伸手去摸一下，這時喜樂立刻出聲嚴厲制止：「藍郝芒長老，不可以摸牠。」

藍長老不解著回頭問：「為甚麼？」

「那一條條綠油油和棕色似草繩似線的東西，聞到『人』和動物的味道，就會開始擺動繩索，會『虛張聲勢』捆住人臉的影像或者溫柔攀附著人身體的某部位，向人表示善意，牠其實是一種捆人繩，會趁人心情鬆懈之時，勒住人脖子的部位。那風鈴般的花朵會釋放一股迷昏人的香味。牠捆住人時，為了怕人掙扎、怕人掙脫，那風鈴般的花朵會馬上釋放香味，將人迷昏，這時人會漸漸面色青蠟，魂魄飛散，只見雙眼罩著一圈黑霧，等身體漸漸乾枯後，見到陽光又變回一條綠油油似草繩似藤條的東西。一點也沒有活命的機會。所以這座令人生畏的『草繩坡』又叫『無人的牆』。」

「那我們現在該怎麼辦？」藍郝芒長老慌張的問。阿雪也跟著汪汪叫，並轉轉圈：「該麼辦？」

「不管是用匍匐和攀爬都是行不通的。」喜樂的眼睛左探右尋四周，又想了想。

他腦海一閃：「藍郝芒長老你不是有吞服『霧淞之冰』嗎？那你應該擁有兩種力量，第一、如神奇超大力士般的力氣，雙手可以搬移一座大山，第二、變得身輕如燕，任你有來去自如的輕功。不過當你要使用大力士或輕功的其中一種法力時，你要大聲呼叫二次：『寶貝輕功出現』或者是『寶貝大力士出現』。」

「好像有這一回事哦！」藍郝芒長老努力回想著。

「真是太好了，你現在先飛到旁邊這座山頂看看，自己是否擁有那來去自如的輕功！」

「好！」藍郝芒長老立刻照辦，「咻」一聲飛上山頂，又「咻」一聲飛下來。

「你就帶我跟阿雪飛躍過『草繩坡』上日月湖吧。」

喜樂抱著阿雪牽著藍郝芒長老的手，大聲呼叫二次：「寶貝輕功出現」，「咻」一聲飛上「草繩坡」到了日月湖。

「哇！真美！」三人看到日月湖後，一起發出歡呼和讚嘆聲。

湛藍的湖水，藍得透徹，微風徐徐吹來，湖面波光粼粼，像流星灑落的螢光碎片，如仙境、夢境似的混淆心的感覺。

三人緩緩向著湖邊走不久，看到前方充滿一張張嘴撕裂血盆般的口，一雙雙冷冽可怕的的眼睛，混合著暴狠的：「ㄠ！ㄠ！」叫聲，迴盪在湖水上，牠們長得似虎似獅，面目卻十分凶惡，令人不寒而慄，但牠們卻身輕如燕，有一對鵝黃色的翅膀，不停震動翅膀，張大著銳利的目光，不停來回搜尋是否有入侵者，牠們很盡忠職守的看護著「掩蓋罪惡之草」，那些守護者叫「虎獅怪獸」。

喜樂立刻蹲下來，也拉著藍郝芒長老蹲下，他們小心翼翼躲藏在草叢裡。藍郝芒長老有一些憂懼：「喜樂，聽說牠們整天總是虎視眈眈的看守著『掩蓋罪惡之草』，隨時隨地張牙舞爪，準備攻擊那入侵者，一發現入侵者，牠們會用迅雷不及掩耳的速度，忽然衝上或撲上前去，把人一口吞滅，既乾淨又俐落。現在我們該怎麼辨？」

喜樂安慰著：「藍郝芒長老你不用憂懼，傳說牠們相當怕動物發出的光，尤其是螢火蟲的光一閃一閃的，到處一盞一盞的小燈籠，那忽明忽暗的螢光，在幽暗林間婆娑起舞會擾亂他們眼睛的聚光和攻擊的思維。」

「那太好了，我口袋裡，剛好裝有一群，我的貼身的寵物—那提著燈籠的『火金姑』。」藍郝芒長老欣喜萬分，想不到自己的寵物也能派上用場。

「但是我們必須等待到晚上才能行動。」喜樂考慮到安全的問題，心想夜深時刻才是最佳時機。

「只要能拿到『掩蓋罪惡之草』，什麼時候行動都沒有關係。」藍郝芒長老止不住興奮的心情。

「好！我們就在這裡附近找一個較隱密的地方等候。」喜樂邊說，眼睛也不忘觀望四周的環境，順便叮嚀一下阿雪不能亂跑亂叫。

阿雪白了主人喜樂一眼，叫一聲：「汪」。

喜樂一聽到阿雪的叫聲，氣得橫眉直豎站了起來，咬牙切齒卻也莫可奈何，只能作勢要修理牠。

阿雪一見喜樂生氣，立刻跳上藍郝芒長老身上尋求保護。

藍郝芒長老立刻抱著牠蹲下。

夜是給人安歇的時刻，罪惡卻把夜當作掩護工具。

「日月湖」的由來

「日月湖」的由來是由於它是金芯之島最高、最靠近上帝的地方，所以當月亮、陽光出來時，它們的影子就灑落在金芯之島那一座最高的深山上，由於經年累月而形成日、月的形狀，在這個日、月形狀交會的地方，從這裡的天上，終年灑落一股涓流不息的泉水，滴落在此地，形成了今天的日月湖。

至於「掩蓋罪惡之草」會種植在湖岸東邊的原因，是為要吸取日出曙光那一剎間最美的光芒和最大的能量。

夜悄悄來臨了。

喜樂和藍郝芢長老躡手躡腳走到很靠近「掩蓋罪惡之草」的大樹下草叢裡觀察著。

喜樂對藍郝芢長老說：「你現在趕快放出『火金姑』。」

藍郝芢長老從口袋掏出火金姑放在手心，並對牠們說：「寶貝們，你們現在就出去引開那些守護著『掩蓋罪惡之草』的『虎獅怪獸』。」

火金姑一出，一隻隻迅速往「虎獅怪獸」飛去。

性情殘暴，面目醜陋威武，非常凶惡的「虎獅怪獸」看到一閃一閃的光芒，到處一盞一盞的小燈籠，以為是龐大的入侵者，「虎獅怪獸」全部傾巢而出，去捕捉那忽明忽暗的螢光，那火金姑不停在幽暗林間婆娑起舞，結果在一亮、一滅之間，干擾了牠們視線的集中，擾亂牠們的思維，害「虎獅怪獸」追捕火金姑時，常常眼看可以將牠一口吞滅，但牠一滅光時就失了蹤跡，使「虎獅怪獸」不是撞到樹，就是跟同類相撞，有時「虎獅怪獸」和「虎獅怪獸」會不小心互相咬到或吃下對方，加上視線被干擾而無法集中，思維跟著被擾亂，害牠們像一隻無頭的蒼蠅四處亂飛，到處亂撞，完全不知牠自己的職責是什麼。

這時日月湖不停傳來哀嚎或撕裂痛苦聲，一隻一隻「虎獅怪獸」遍體鱗傷，臥倒在地，發出一陣一陣淒厲的呻吟聲，一隻一隻身體支離破碎，掉落滿地。

喜樂見時機成熟，立刻催促著藍郝芢長老趕快上前摘取「掩蓋罪惡之草」。

藍郝芢長老見到那一株株像彩虹般的美麗身影，瞬息間千變萬化，草的尖端發出一陣又一陣，一道又一道金光閃閃的光芒，她被牠綺麗、夢幻的容顏給迷惑了，怔住不動，喜樂急得大喊：「藍郝芢長老快摘『掩蓋罪惡之草』。」

藍郝芢長老回神過來，立刻拿出「寶貝星星」，用反面的光，變成一隻長長的劍形強光，將它那一道又一道金光閃閃的光芒，反射回去，再伸手將它摘取下來。

這時她背後忽然飛來一隻「虎獅怪獸」，向藍郝芒長老攻擊。

喜樂焦慮叫著：「藍郝芒長老小心，背後有『虎獅怪獸』。」

藍郝芒長老反應靈敏的低下身，立刻拿起「寶貝星星」，呼叫：「寶貝星星出現！」，一剎那它便像飛鏢似的射出一支一支白白亮亮的利刃攻擊，「虎獅怪獸」身中幾刀，牠斃命了。

摘下後的「掩蓋罪惡之草」發出「咿、咿」兩聲後，瞬間變了色彩，整株變成銀色，但是依然會射出一陣又一陣，一道又一道銀色閃閃的光芒，藍郝芒長老馬上將它放入王海道僕人所給的寶盒，以免灼傷人的眼睛或者不小心將它壓傷毀壞。

在藍郝芒長老摘下「掩蓋罪惡之草」之後，所有的草，一株一株從根部之處，開始慢慢地往上，從莖部到葉子，一點一點的熄滅了光芒，隨後一株接著一株地倒了下去，然後漸漸萎縮，一直縮小到消失不見。

藍郝芒長老和喜樂跟阿雪看見這情形都覺得稀奇不已。

三人喜孜孜的帶著「掩蓋罪惡之草」踏上回家的路。

露出貪婪的本性

自從王海道僕人擁有「寶貝輕功」、「寶貝大力士」、「寶貝星星」等法力，還有被綠撒但─好人附身之後，彷彿脫胎換骨變作另一個人，變本加厲想要控制金芯之島的一切，這是因為躲在王海道僕人的心靈隱角裡的黑暗勢力已悄然宣戰，而撒但們都一一翩然飛入這個充滿罪惡權勢的島嶼。

恐懼彷彿在金芯之島這裡佈下天羅地網，撒但誓言要讓金芯之島鮮血淌流、哀嚎遍地，禁錮百姓的靈魂，牠要讓公義成為有勢力人的專利品。

王海道僕人每做一件違背神心意的事，他總是這樣告訴自己，是可以憑著自己的意志力想停就停的，但哪知道犯罪的心情就像吸毒一般，雖然自己不斷告訴自己、安慰自己：「大概沒關係吧！我知道我在做甚麼……這沒甚麼好擔心的。而且上帝不一定看得見這事。」亦然。

王海道僕人他忘記最重要的一點：「人」活著，若由「貪」慾掌權，那生命的意義就會變了調；就像有錢時，想要更有錢，有了錢之後，想擁有權利，擁有權利之後，想要更大的權力，擁有權利還要有名，有名了，還要更出名，人是永無止盡的不滿足，永遠拼命在追求，不管是該得到的或是屬於非分的東西，總是不停設法攫取為自己的。

上帝給人一顆單純的心，世界卻給人創造一顆複雜的心。

磁波道的由來

王海道僕人在安息日的聖殿上又假藉神的名義說：「昨晚神賜下話語，上帝是疼愛金芯之島百姓的，神歡喜金芯之島的百姓十分敬畏祂，為回報大家，祂要為金芯之島打造一條舉世無雙，且貫穿大街小巷的磁波道，它分三種速度：超快速、中快速、慢速三種無形磁波運輸跑道，作為全島的交通工具，讓你想到那裡，就到那裡。第一種超快無形磁波道時速500公里，中快速無形磁波運輸跑道時速200公里，慢快速無形磁波運輸跑道時速50公里。

從此以後金芯之島的百姓不必老是靠著兩條腿走路，或家家戶戶必須圈養著馬匹來代步。無形磁波跑運輸跑道，它外表平坦得像一條道路，讓人感覺它是靠輪子轉動的輸送帶運轉，事實上它是一條魔法所作成的無形磁波跑運輸跑道，所以在行駛當中或靠站時，大家所見到的只是一條普普通通黑色的皮帶在運轉，讓人搭乘在上面，完全看不出有任何轉動的輪子，由於它是一條充滿魔法的無形磁波運輸跑道，所以乘客根本不用擔心颳風下雨與被太陽曬傷，以及擔心速度太快，人會被吹落的問題，因為王海道僕人早已在無形磁波跑運輸跑道左、右兩面和上面三邊各施了保護罩的魔法。而且搭乘無形磁波跑運輸跑道時，只要開口指令說：『我要上車』或『我要下車』，語畢，馬上就會有一條專供上、下車的無形磁波帶，立刻出現在你的腳下，載送你到所需的車道。」

「當然你若趕時間或要到遠距離就坐『快』速無形磁波運輸跑道，到街巷就搭乘『慢』速無形磁波運輸跑道，到短距離之處就搭乘『中』速無形磁波運輸跑道。」

自從有了這三條磁波運輸跑道後，金芯之島的百姓生活便利了許多，大家都非常感謝王海道僕人，為此，王海道僕人越來越被百姓敬重，也感謝上帝恩待他們。

為了打造這一條舉世無雙超快速、中快速、慢快速三種無形磁波運輸跑道，王海道僕人偷偷把反對他或論斷他的信徒，統統關進無形磁波運輸跑道終端的下面做奴隸，因為無形磁波道的的終端，是魔法的死角，無法完全掌控，以致形成一個無法縫合的漏洞，所以需要人力日以繼夜的去拉合，使無形磁波運輸跑道的終點和起點能銜接在一起。

在這地下暗無天日的世界，這些在王海道僕人眼中視為反叛信徒的奴隸，每個人全身披著黑色布，從頭到腳完全包住，只能露出驚恐、空洞無神的雙眼，個個身型痀僂，分不清楚是男、是女。

磁波道下的秘密

金芯之島的百姓都覺得金芯之島的人越來越少，常常發現有人會莫名其妙的失蹤，但都不知他們到底被帶到哪裡去了！是生、是死，兩茫茫，因此一股莫名的恐懼佔據大家的心，個個深怕下一個失蹤人口就是自己，於是大家的生活越來越不快樂，又不知道向誰傾訴心中的苦悶和恐懼。

後來有人跑去告訴王海道僕人：「王海道僕人你是否有注意金芯之島的百姓，金芯之島的人越來越少，好像常常莫名其妙的失蹤。」

王海道僕人忍住內心的心虛不安，裝出一副震驚不已的樣子，說：「真的有這樣事發生，為什麼我不知道？」

六神無主的百姓說：「大家都想說你那麼忙，不好意思勞煩你！」

「這是什麼話？我是金芯之島的百姓守護神，難道你們認為我處理事情的能力不好嗎？」王海道僕人面露微慍的抱怨著。

那百姓一聽，緊張萬分的解釋說：「不是……不是……你那麼棒！大家怎麼可能懷疑你的能力？是真的怕勞煩你。」

他滿意的笑說：「那你告訴我，現在到底有哪些人失蹤？」

那百姓怯懦的回答：「太多人了，我記不得那些人的名字！」

「啊！這真是事態嚴重，這事太詭異，讓我好好想想如何著手。」王海道僕人張大嘴說，假裝陷入沉思。

那百姓識相的告辭了。

包立積被審判軍追殺而意外的逃進入磁波道下面後，一段「初極狹，才通人」過後，是險峻的陡斜直降，需要引用岩壁垂下延線的繩索，巍巍顫顫而下，終於踩在一塊四平八穩的大岩石上，彼時自然光柱射出的瑰麗多變中透著詭異迷離的氛圍，再往下瞧，光線霎時被深邃吸收殆盡，益發讓人感受到洞內那股森冷，他不由得倒抽口氣，打了幾個寒顫。

那通道倏忽從他的視線中消失了，他忍不住地大聲：「這是甚麼鬼地方？」，只聽見短暫的回音過後，四周隨即恢復一片死寂。

這像是一條遙無止盡的地下密道，不久又看到地下密道的通道上出現兩隻老虎不停交叉環跳著的穴口，這是往前唯一的通道，也是往地下密道必經之路。靈巧狡猾的包立積，先停下來仔細觀察一下環境，並且小心翼翼的計算一下，待會要穿越兩隻老虎不停交叉環跳著的中間的罅隙之處，需要等候多久，什麼時候跳躍是最佳時機。細細計算好時間，立即快又準小心跳躍過穴口，安然穿過虎穴，他得意不忘回頭，露出老大威風，嘲笑說：「真是兩隻笨虎，成天只會不停交叉環跳，哼！憑你們也想吃老子還早呢！真是吃屎的。」，然後拍拍衣袖，頭仰得高高的，闊步繼續往前走，追尋著那一道光。

不久之後，開始爬坡路，又是上坡，又是下坡，不停爬坡路，爬得氣喘吁吁，一會兒又往下攀爬梯階，梯階盡頭，竟是跳不完的一條條溝壑，溝壑之下有著許許多多有劇毒的蛇，一隻隻吐著信，含著黏黏答答的唾液，不斷向包立積的要害攻擊，包立積惶恐的一步一步越過，總是提心吊膽，深恐自己一個不小心失衡，頭重腳輕跌落淪為眾蛇群們肚腹的食物。越過溝壑，全身汗流浹背，包立積忍不住大大喘一口氣之後，發現一路所追尋著的那一道光，竟在越過溝壑之後，莫名其妙且毫無痕跡的消失在眼前那一道門板，包立積望著眼前這一道粉橙色的門板相當耀眼，擋在似永無止境的黑暗通道上顯得特別突兀，在見不到光的一個角落，它像防止閒人闖入裡頭的黑暗禁地。包立積先是用雙手東摸摸、西摸摸，那光滑、耀眼的門板，試著找出什麼破綻或機關，奈何整個門板摸了又摸，還是徒勞無功，失去耐性的他，只好用身體狠狠用力推呀！推呀！甚至用他那顆力大無比的光頭，撞呀！撞呀！那一道門牆連動也不動，還是一樣靜止，包立積火大了，開始抓狂了，便用他像電鑽般的外肘，撞去錐入那一道門牆，看看是否能錐出一個洞來，但無論他怎麼從左邊、還是右邊，或者從上面或下面使力，就是無法打開那一道粉橙色門牆。

包立積見軟硬都不行，只好稍稍冷卻急躁心情，再一次用雙手來回觸摸著那一道粉橙色的門，希望找到開關，一次又一次觸摸後，突然一道強大的吸力，從背後把包立積整個人緊緊吸住，這時門開了，出來兩個全身披著黑色布，從頭到腳完全包住，只露出兩個眼睛的人，把包立積整個人連同粉橙色門板一起抬進去，這粉橙色門板是由無數層板面疊成，帶走包立積之後，這一道門板，頓時自動又換上淺藍色的門板。

這時動彈不得的包立積不停叫囂：「你們這些吃屎的，這是甚麼鬼地方？到底要把我抬去甚麼鬼地方？」

兩個身披著黑色布的人，沉默無語，繼續往前走。

「你們這些吃屎的，快把我放下來，不然等一下我包立積就叫你們吃屎，一拳把你們扁了，聽到了嗎？吃屎的。」包立積心裡又急又恐懼。

兩個身披著黑色布的人，依然默默無語，向前走。

「你們這些吃屎的是聾子嗎？還是啞巴不會回答？」他又吼又叫著。

那兩個身披著黑色布的人受不了包立積不停叫囂，怒火一上，兩人互使個眼色，把包立積整個人連同粉橙色門板，高高舉起往上丟了出去，狠狠把包立積重重摔了一下，他痛得哇哇大叫，眼睛直冒金星，而閉上了嘴，安靜下來，兩人才繼續抬著他往前去。

走了許久，終於到了燈火通明處—磁波道的總控制室，所有的俘虜都被關在這四面八方的牆壁都是粉橙色的房間裡。突然在左邊牆壁上，反映出殷紅色彩暈的一個人影走了出來。

兩人見到此人便叫：「黑教主，人已經帶到。」

這個殷紅色的人影說：「好，放下就退下吧！」

兩個全身披著黑色布的人，立刻把包立積整個人連同粉橙色門板，往右壁上一擱，包立積整個人連同粉橙色門板馬上被牆壁吸住，那兩個人就退下了。

那個身披殷紅色布人影對著他說：「包立積你知道這裡是甚麼地方嗎？」

「你們這些吃屎的，我管它是什麼鬼地方，快放我下來，不然我就一拳把你們斃了，聽到了嗎？吃屎的。」包立積四肢不斷掙扎且大聲咆哮著。

「唉！年輕人火氣不要那麼大，你先安靜一下，來看看可憐的金芯之島百姓所受的苦，所受的折磨。」殷紅色的人影溫和的勸告著。

一聽到金芯之島的百姓所受的苦，所受的折磨，包立積立刻閉了嘴，安靜下來。

黑教主看他安靜下來又繼續說：「我請你向眼前的左邊牆壁看去。」

這時身披殷紅色的黑教主用食指對著壁上一指唸：「西磨、西磨請向前去！」話一畢，那把包立積整個人吸住的粉橙色門板，倏然離開牆壁，開始載著包立積向前移動，隨著門板的前進，左邊的牆壁開始顯現身披殷紅色的黑教主所要的畫面，而映入包立積眼簾的是一個個披著黑色布的人，被關在一間一間的控制室，日以繼夜去拉合，讓無形磁波運輸跑道的終點和起點銜接在一起。他們要控制將無形磁波運輸跑道三種不同速度的終點和起點銜接在一起的拉合，還有百姓們上下車時一停一動的控制，他們稍微一疏忽就會有失誤，一有閃失，王海道僕人就立刻將失誤者格殺並化為一灘水。以致每一個人都相當害怕被殺死，只好全神貫注、戰戰兢兢、提心吊膽的工作著，常常露出無比驚慌無助的眼神，包立積見狀想要安撫他們的心，一一與他們打招呼叫：「嗨！大家好。」，他們卻漠然沒有甚麼反應，只有一、兩個瞧了他一眼。

包立積感到十分納悶又不解箇中的原因。

黑教主口氣無限憐憫的說：「因為在被關進來之前，每個人都被王海道僕人施了法，只剩下『專心工作』和『不努力工作就得死』的思想。」這時，身披殷紅色布的黑教主用食指對著壁上一指唸：「西磨、西磨請回去！」

食指一離開壁上，那粉橙色門板，居然自動移動回到原來的牆壁上，這時身披殷紅色的人走到包立積面前開口：「你看到關著的那些人都是被王海道僕人抓來的，是他眼中視為反叛的百姓，他們日以繼夜的工作，直到體力透支，工作到死方休。」

包立積親眼看到那一幕幕殘忍的折磨事實，心裡震撼不已，他實在不能理解，到底是甚麼原因讓一個神的僕人變得如此殘酷，他憤怒難當，恨不得現在就把王海道僕人一拳劈死。

黑教主見包立積憤怒得不斷咬牙切齒，對他說：「你現在只有兩條路可以選擇，第一、加入我們，站在我們這邊，第二、你不加入我們的陣線，就是我們的敵人，就送你去控制室做拉合者，被折磨致死。」

「有沒有第三條路？我要第三條路。」包立積偏偏不吃這一套。

比賽

黑教主不禁皺起眉頭：「你的確與眾不同，好，你說說看你要的第三條路是什麼。」

「我要當這裡的老大。」包立積大言不慚。

黑教主「噗哧！」一聲笑了起來，說：「好，真是不愧是墮落天使的本色。」

「好，只要你能勝過我，黑教主的位子立刻換人。」黑教主毫不思索的回答。

「要如何才算勝過你？」包立積質疑的問道。

「由你選擇甚麼方式來一決勝負。」黑教主十分乾脆。

「好，比力氣。」包立積心想自己拳頭最有力。

「好，就是現在，我先把你從門板上放下來，然後你只要把這個門板，高舉起來又將它扔回原來的壁上即可。」黑教主一口氣說完遊戲的規則。

「這太簡單了。」包立積大笑著。

黑教主笑著立刻從門板上把他解放下來，說：「請你開始動手。」

這個有千萬噸重的門板，一下子，就被包立積輕輕舉起來，又將它扔回有數百尺之遠的牆壁上。其實那千萬噸重的門板，在包立積要舉起之前，黑教主已經施過法力，他故意要讓包立積輕而易舉的舉起來，讓包立積當黑教主。

包立積一成功，一個個披著黑色布的人，紛紛跑出來並跪下歡呼著：「新黑教主萬歲！萬歲！」

「喂！喂！你們這是在幹什麼？為什麼要叫『黑』教主，我明明看教主，身披殷紅色布。」包立積不喜歡這種一板一眼的死規矩。

這時身披殷紅色布的黑教主站了出來，對包立積說：「恭喜你，成為我們新的黑教主，也是上帝所應許的『救世主』。至於為什麼要叫黑教主，因為這裡暗無天日，而身披殷紅色布的教主是他們的希望。」黑教主一面說著又舉起另一手揮動指示著一個個披著黑色布的人，趕緊回到自己的工作崗位，以免被王海道僕人發現。一個個披著黑色布的人慌慌張張的迅速離去。

包立積聽到「救世主」一詞，這責任重大，壓力有夠沉重，他竟然有點害怕想退縮而推辭說：「我包立積何德何能，怎能當你們『救世主』？我看你們是找錯人了。」

身披殷紅色布的黑教主看著面有難色的包立積說：「你不用擔心自己的能力不夠，我這裡有一本《上帝的秘笈—最後的法寶》一書，能幫助你，戰勝王海道僕人。」

包立積一看到《上帝的秘笈—最後的法寶》一書，竟瞠目結舌：「這從哪裡來的？」

那黑教主心平氣和，娓娓道出：「前幾天，有一天的半夜裡，我半睡半醒之間，突然跑來一群精靈，吱吱喳喳將我吵醒，牠們手上拿著《上帝的秘笈—最後的法寶》一書遞給我，叫我找一個靠拳頭混日子的墮落天使，把書給他，牠們說那個人能幫助我們，救我們脫離這暗無天日的地方。」

「你們怎麼知道是我？」包立積稀奇的睜大眼反問。

「那一天我們看到許許多多身穿黑衣，衣服上繡著一個偌大的『軍』字，頭上綁著金色巾帶的審判軍，密密麻麻的人影，從天而降到藍郝芒長老、喜樂以及小狗阿雪和你面前，而你立刻倉皇的拔腿就跑，審判軍們隨後追趕你，所以我們立刻打開無形磁波運輸跑道的門，引你入內。」

「原來是你們故意引我進來的。」

「是的，但是我們也救了你一次。」黑教主提醒著。

「哦！難道這是天意嗎？」他內心喃喃自語。

他又想黑教主自己為甚麼不當他們的「救世主」，反而找他，心中十分納悶的問：

「你也可以當他們的『救世主』。」

黑教主微笑著說：「我是一個智者，我只能幫他們尋找方法，我沒有任何法寶來解救他們。」

「你不是有《上帝的秘笈—最後的法寶》一書？」包立積更是稀奇的問。

黑教主笑得更燦爛說：「你問得真好，你大概不知道《上帝的秘笈—最後的法寶》是神國的東西。屬於世界的人，是看不懂的，而且它被施了法，所以即使是神國的人也不是每一個都看得懂，和有機會看到這一本書的廬山真面目，今天他指名道姓要給你，表示有重任要託付給你，而且聽說它一出現就必有所作為，這是天意。」

包立積難以置信：「哦！這是真的嗎？」

「不管你知不知道它的現身是為了甚麼，是上帝的旨意？是撒但的作為？我想那並不重要，眼前最重要的事，是拯救這些可憐的百姓出去，並且毀掉充滿魔法的磁波道。」

包立積充滿遲疑的接過《上帝的秘笈—最後的法寶》一書，相當懷疑自己的能力，實在沒有勇氣翻開來看。

黑教主看他信心軟弱，就對他信心喊話，說：「你不要懷疑自己的能力，若是上帝的旨意，你一定會看得懂，一定可以戰勝王海道僕人。」

包立積聽到黑教主安慰他說一定可以戰勝王海道僕人，突然之間，他鬥志高昂了起來，於是打開了書來，發覺第一篇居然是空白的，第二篇「千爪萬掌功」，繼續往下看，第三篇、第四篇、第五篇……一直到第十篇也是空白的，他實在納悶不已，為甚麼會這樣子？而他卻只看懂第二篇，其他章節，心想或許是他的功力太淺，實在無法解讀出上帝所設下的密碼。其實有了那第二篇的法力，對他來說應該是足夠了。

第二篇：如何得到「千爪萬掌功」；必須到金芯之島中第二高峰的深山裡一處人煙絕跡的森林裡，在那裡會聽到風聲鶴唳，草木皆兵的肅殺氣氛，讓人感到心驚肉跳、冷汗直冒、忍不住想要拔腿逃跑時，天上會出現磅礡之雲，當雲兒露出纖細的千爪萬掌形狀時，它會在山谷間迅疾飄起散去的雲霧，有時如龍騰而起，有時如白浪掩至，會將森林那些可愛的樹枝瞬間變成吞噬人的千爪萬掌魔法，這時你只要抬頭看到閃爍晶亮的星空，對它大叫三次：「千爪萬掌魔法附身」，然後摘取一枝可愛的樹枝將它咬一咬吞下去，「千爪萬掌功」便練成了。而要需要它時，連續呼叫三次：「千爪萬掌功現身」即可。

當包立積牢牢記住如何得到「千爪萬掌功」之後，突然《上帝的秘笈—最後的法寶》這本書像飛毯一樣又自動自發飛了起來，包立積見到這情形，自然的伸手使勁想去抓住它，想留住它，它卻像一陣煙霧，迅速從他的手中溜了出去，他不死心拼了命的追了過去，卻是徒勞無功，它來無影去無蹤，一下子就消失他們的眼前。

這時黑教主開口勸說：「不要去強留不屬於自己的東西，讓它去吧！」

包立積一聽便停止腳步，眼睜睜望著它的離去。

美好的東西，人都想永遠的擁有，唉！人，畢竟是人，雖然用的不多，但想要的卻很多。

歸來

藍長老和喜樂兩人從那一座高不可測的深山裡拿回「掩蓋罪惡之草」，剛平平安安的抵達山下，便見到王海道僕人已經在那裡等候。

王海道僕人掩不住眼角的笑意：「我就知道您們兩人一定不負重託，真是感謝神，讓你們平安歸來，神真的與你們倆同在。」

藍郝芒長老稀奇的問：「王海道僕人，你怎麼會知道我們抵達這裡的時間?」

王海道僕人毫不掩飾的直言：「藍郝芒長老你忘了我是擁有神的法力的人。」

藍郝芒長老一聽「有法力的人」的字眼，眉頭不禁皺起來：「你身為神的僕人，豈可不當使用法力?真是……。」藍郝芒長老搖搖頭，欲言有止，心裡只希望他能好自為之。

嬉皮笑臉的鞠躬哈腰：「是的，王海道僕人知錯了。」，藍郝芒長老瞧他一副不正經的樣子，不禁憂愁起來，說：「希望你是真心悔改。」

王海道僕人再三拍胸脯保證：「你放心吧！我一定悔改給你看。現在你可以把『掩蓋罪惡之草』給我嗎？」

「王海道僕人你悔改不是為了要給我看，是要發自內心，是真心真意的悔改。」藍郝芒長老指正他。

王海道僕人收起笑臉：「是的，我知道了。你可以把『掩蓋罪惡之草』給我嗎？」

「你為甚麼這麼急著要拿『掩蓋罪惡之草』？我想到聖殿裡再給你，讓神做見證。」

「唉呀！藍郝芒長老你忘了，神是無所不在的神，在哪裡給我『掩蓋罪惡之草』不是都是一樣嗎？」王海道僕人的眼睛不時飄向藍郝芒長老身上的「掩蓋罪惡之草」。

「我知道神是無所不在的，我是這樣想，但是若在聖殿裡，在神的面前給你，我才能感到既安全又有神做見證，多了一層保證。」

「這麼說，你是不相信我囉，那『掩蓋罪惡之草』我不要了，我寧可被上帝懲罰，打入十八層地獄，也不願你懷疑我的人格。」，王海道僕人故意裝出非常生氣的樣子，其實心裡想的卻不是這樣。

「我不是不相信你，我只是覺得有神同在，我才有信心。」藍郝芒長老解釋著。

「哦！原來如此。」王海道僕人心裡卻罵著，你這個蠢蛋，等我擁有「掩蓋罪惡之草」後，上帝根本看不見我的心是黑，還是紅的。

「希望你吃了『掩蓋罪惡之草』之後，不要再犯錯。」藍郝芒長老耳提面命著。

「是，是。」王海道僕人知道在還沒有拿到「掩蓋罪惡之草」之前，一定要小心翼翼應對才行。

「喜樂、阿雪走吧！」藍郝芒長老說著逕自向前走去，這時阿雪興沖沖的跑到王海道僕人腳邊咬住他的衣服，扯一下示意要和他一起走。

王海道僕人心裡對藍郝芒長老有一點不爽，就把這一股怒氣出在阿雪身上，一腳把牠踹開，阿雪痛得哇哇叫，喜樂看在眼裡心好痛，他知道他的主人變了，過去那一位宅心仁厚的王海道僕人已經不見了。

喜樂抱起阿雪，輕輕撫摸著牠的痛處。

藍郝芒長老聞聲回頭問：「發生了甚麼事？」

「沒事。我們走吧！」喜樂看一下主人—王海道僕人的不耐煩表情，只得擠出無奈的笑容應聲。

到了聖殿裡十字架前，藍郝芒長老拿出「掩蓋罪惡之草」，對王海道僕人說：「你一定要答應我和喜樂，吃了這『掩蓋罪惡之草』後，絕對不能再做任何不公義的事，尤其是與魔鬼打交道，你要知道，這是一件非常危險的事。」

「是的，我知道。」王海道僕人，伸手接過了「掩蓋罪惡之草」和他的「寶貝星星」兩樣寶貝，臉上卻露出了一個詭異的笑容。

看著主人—王海道僕人的表情，喜樂感到憂心不已。

他知道金芯之島的浩劫，已經拉開了序幕。

愛的力量

王海道僕人吃了「掩蓋罪惡之草」後，首先假藉神的旨意說：「神透過我來轉達給大家，若想得到上帝特別的垂憐、恩典，一定要每天喝『聖水』。百姓必須喝上帝精心調製的聖水，接受它的洗滌，若一天不喝聖水就無法洗淨罪惡，進而潔淨靈魂，也就無法得著上帝的祝福。」

其實，所謂聖水，根本是王海道僕人自己調製的「顯心劑」，是施了魔法的水，是為掌握金芯之島百姓的心是否向著他，還有那些論斷他的或反對他的、不聽他話的百姓，喝了「聖水」之後，都會在臉上眉心之處顯現，「黑」色的印記，代表反對者，「紅」色印記則代表擁護者，這樣他便能一目了然，其實他最終的目的是想完全掌控人心，甚至百姓們的一舉一動。王海道僕人對於那些他口中指稱的反叛者，他總是會乘機偷偷摸摸、暗暗的，讓他們一個一個關進無形磁波運輸跑道的黑暗世界。

但是王海道僕人眼看反叛者越來越多，他真是抓不完，而且他怕抓太多百姓，會引起別人的注意，萬一有所閃失那就完了，為此，他心煩不已。「綠撒但」洞悉王海道僕人的心思，立刻從他口中跑了出來，說：「主人，我知道在金芯之島南邊依山傍海，在南邊海岸不遠之處，會從海底汨汨湧出一股冷泉，它是由七位使者負責把海水灌入岩層之後，經地熱加溫而高壓湧出的，但是要取它時，一定要等太陽光從遠方的海邊慢慢冒出，由淡淡的魚肚白，到曙光的黃，直到旭日染滿整個天空的金紅，映滿整個海洋，那一瞬間『紅紅冷泉』像染上去的濃重的染料般的水，聽說這『紅紅』冷泉人喝了，會讓人得了『失憶症』，若再加上吃下金芯之島南邊的山頂上的『宮燈花』，又叫『傻瓜花』的會更加嚴重，因為它整年開著花，周圍飄蕩著優雅香味，將空氣轉化為一股迷幻藥的魔力。『宮燈花』的開花模樣；在整排的翠綠之間，突然開出一串串金黃的花朵，這數不清的細緻花瓣，拼湊出宛若倒掛葡萄的花形，又像是一盞盞充滿喜氣，吸引人的宮燈，但令人稀奇的是，這種花任風兒如何的吹，它永不飄落和凋謝。

而且聽說只要吃下一小花瓣，整個人就會變成呆呆的，若你在餵食之前，對著這兩樣東西，唸三次對方的名字，那人便任由你控制一舉一動。」

「真的這麼神奇？」王海道僕人欣喜若狂的說道。

「真的，這麼神奇！」綠撒但不假思索的回答。

「綠撒但你，是怎麼得知這兩種神奇之物的？」他好奇的問。

「這個嘛！」綠撒但抓抓頭，不好意思的說：「在幾百年前，我因一時無聊，到處閒晃，晃呀晃，晃到某座無風無雲的山頭上，頓時感到有一點累，倒頭呼呼大睡，在睡夢中，恍惚聞到一股濃郁的優雅香味，因為太累了，所以我也懶得管那香味是打哪來的，不料睡覺甫醒，我突然打一個噴嚏之後，竟然被一陣莫名其妙的風吹走，吹落到一處海邊。驀然看到一對男女魚人坐在沙灘上談情說愛，我一時興起，跑過去他們倆面前想和他們搭訕一下，豈知他們一看到我便驚惶而逃，原來他們是負責看守『紅紅冷泉』的守護使者，因城主出遠門去，兩人便趁機相偕偷溜出去，因他們怠惰職守而心虛，所以一看到我立刻火速逃跑，而我卻好奇他們的行徑，不假思索的一路追隨到『紅紅冷泉』，兩人發現我的蹤跡，嚇得直發抖，我既好奇又不明白為甚麼小小又不起眼的『紅紅冷泉』竟需要兩位守護使者，我毫不客氣的問兩人說：「你們一定要老實告訴我這「紅紅冷泉」到底藏了甚麼秘密。」

兩位守護使者面面相覷、支支吾吾：「我們不能說的！」

我口出威脅說：「你們不告訴我，沒關係，我就把你們怠惰職守的事，告訴珊瑚海底城城主。」

這話像寒風似的，讓他們哆嗦不已，驚恐立刻如電般傳遍了全身。

「這……這……」兩人想了許久，空氣恍惚被凝固，時間也就此停留住。

「看你們這麼為難，算了，我直接去找你們『珊瑚城主』。」綠撒但作出欲離去的樣子。

「綠撒但你先等一下，好嗎？」兩人非常緊張的叫著。

綠撒但立刻停止腳步。

兩位男女守護使者交頭接耳一番之後，推派男守護使者出來說：「『紅紅冷泉』其實並沒有甚麼秘密，它只不過讓一些誤闖海底之城的人，喝了之後，便得了『失憶症』，忘記他在海底之城所見所聞的一切罷了！所以『紅紅冷泉』又叫『失憶水』。」

「哦！原來如此，你們走吧！」綠撒但恍然大悟並爽快的叫道。

「謝謝！謝謝！歡迎你有空到『珊瑚海底城』玩，但是別忘了進『珊瑚海底城』之前，要先到金芯之島南邊的山頂上摘取一種花，名叫做『宮燈花』來吃，才會有人來為你帶路。」兩位守護使者心喜，沒有被綠撒但一再被刁難。

語畢，兩人立刻「啪」一聲游走。

綠撒但情急之下，伸出長長的爪子，把兩人抓回來，問：「喂！你們兩人剛才說進

『珊瑚海底城』之前，要先到金芯之島南邊的山頂上摘取一種名叫做『宮燈花』的花朵來吃，這又是為甚麼？」

兩位男女守護使者被綠撒但長長的爪子緊緊纏住，相當不舒服的說：「綠撒但，可以先請你縮回你的爪子嗎？」

「好，真是不好意思。」綠撒但嘻笑著。

「『宮燈花』，又叫『傻瓜花』，周圍飄蕩著優雅香味，將空氣轉化為一股迷幻藥的魔力，只要吃下一小片花瓣，整個人就會變成呆呆的，若你在餵食之前，對著這兩樣東西，唸三次對方的名字，那人便任由你控制一舉一動。因『珊瑚海底城』不喜歡外人來遊玩，或許因為『珊瑚海底城』曾被外人侵略多次，死傷慘重，一次次的傷害，嚇壞了大家，所以城主和魚人百姓就不斷跟神求，求神親自來保護自己子民的城。後來神垂聽這個禱告，祂也看不慣貪婪者一再入侵這個城，於是應允『珊瑚海底城』魚人百姓所求，但賜下這兩種東西之前，神有附帶一個條件，就是不能殺死任何不小心的闖進者。」

「哇！神還真仁慈啊！對了，若殺死不小心的闖進者會怎麼樣？」綠撒但驚訝的問。

「啊！會慘遭滅城。」兩位魚人守護使者異口同聲的答。

「對了！那我要如何才進入『珊瑚海底城』？」綠撒但不禁好奇。

「甚麼啊！你居然不知道如何進入『珊瑚海底城』！」守護使者異口同聲的回答，兩人頓時有一種被騙的感覺。

「唉喲！海底世界那麼大，又有那麼多城，我哪能一一知道，我能知道有一個『珊瑚海底城』的存在，就已經很不錯了。誰叫你們這麼好騙，不過看在你們兩人這麼善良的份上，我就送一顆『情人夜明珠』作為補償，但要記得這顆夜明珠跟一般的夜明珠不一樣，它會在你危急時，有保護你的作用，只要兩人同心合意的用雙手握住它，它馬上會散發一種睡覺的磁波，使敵方陷入淺淺睡夢中，在睡意朦朧中，它還會傳出一串銀鈴般的笑聲，然後在不遠之處出現一個夢幻的身影，誘使敵方為了想看清楚那人的真面目，便會急忙連聲喊住他，那夢幻的人影猛然轉身，冷不防，使敵方突然一頭撞進，它在風中飄蕩的銀鈴般笑聲之亂流裡，敵方馬上感到面紅耳赤，口乾舌燥，一股熱流纏繞全身，久久不能停歇，繼之而來的是，舒服喜悅的快感，流通全身，待氣力放盡，令她（他）深深著迷這美好的感覺，而緩緩昏睡過去，這時讓你可以從容逃離或宰殺對方，但要讓它發揮這法力，兩人的關係一定要是情人或夫妻才行。」綠撒但邊說邊從肚皮垂下的層層皺摺皮中取出「情人夜明珠」來。

「哇！真是漂亮的『情人夜明珠』！」兩人一手接受，一邊看著它，又白又亮且是獨一無二的連體嬰形狀的夜明珠，兩人驚奇連連，不禁發出驚嘆聲。

「對啊！是很神奇，但是需要有緣人。」綠撒但得意的說。

「你送我們這麼貴重的寶貝會不會後悔？」女魚人試探的問。

「哈哈……會後悔就不會送人，其實它放在我的肚皮裡已經有好幾百年了，一直像個廢物、像個累贅，一點也沒有用處，今天真的很高興找到有緣人了。」綠撒但抬頭哈哈大笑，它的爪子竟不聽使喚的不停伸長。

「真是太謝謝你了！」兩人聞言之後，歡天喜地的稱謝。

「好吧！我要回家了。」綠撒但心滿意足，自認做了一件令自己快樂的事。

「喂！綠撒但，我們告訴你『珊瑚海底城』的入口在哪裡，它就在『紅紅冷泉』的旁邊，有一個極熱的漩渦，一個偏冷的漩渦，另一個比較溫暖的漩渦，穿插在嶙峋的海岸之間，但只能從比較溫暖的漩渦進去，進去後馬上就能看到海底處處湧出新鮮藍色之水，就在水下面有著櫛比鱗次的珊瑚群隨海水飄動，並有五彩繽紛的光芒閃爍著，隨著那一道最長的光芒，一直向前進就會到達那美麗的『珊瑚海底城』了。」

「哇！這麼隱密。」綠撒但十分驚訝的說。

「是啊！這也是沒有辦法的事，為了防止閒雜人等入侵。」魚情侶無奈的聳聳肩。

「對了！那你們一定知道長在金芯之島南邊最高最尖的一座山，山頂上的『宮燈花』，又叫『傻瓜花』的長相和妙用？」

「知道啊！不過它是由一位風神終年看顧著，閒雜人等是很難靠近的而且聽說這位風神有嚴重的潔癖又最討厭有人在『宮燈花』附近，打哈欠或打噴嚏。」

「若打哈欠或打噴嚏，被祂發現會怎樣？」綠撒但十分好奇。

「會被他吹落山谷，一命嗚呼。」男魚人接腔回答。

「哦！難怪我會莫名被吹落山崖下的沙灘。」綠撒但終於明白了

「真的，那你怎麼沒有死！我們聽說風神吹的風又急速又寒冷，而且喜歡把整個人捲到半空中，再不停旋轉到人暈昏，再扔出去。」

「哈哈……祂那一招，對我不管用，你們看我的皮是千年老皮，不但百毒不侵，對寒風刺骨沒感覺。而我的大腦是金絲打造的，不管如何旋轉，也不會暈眩，而且我的雙爪可以無限伸展長度，柔軟性是一等一的，在世界上是無人可抗衡的。」綠撒但掐著自己的肚皮，敲著腦袋得意的說。

兩人驚愕、訝異地睜大雙眸看他突兀的動作，卻忍不住噗哧一笑，說：「綠撒但你真的很可愛。」

綠撒但傻呼呼的跟著笑了起來。

倏然間，傳來琴弦一撥、大鼓一拍，叮叮咚咚的樂音齊鳴，串成了催動的力量，一群群魚人向著他們游過來，大家屏住氣雙眼緊盯牠們的一舉一動，那全身金豔豔地開始舞動起來，身型長瘦的男女魚人極有技巧地配合鼓聲，而且是男女魚人分別一字排開，扭擺旋動著美麗的肚臍，舉手投足之際，盡是迷人的舞姿。

綠撒但好奇問的魚人情侶：「他們現在是在幹甚麼？」

魚人情侶輕聲說：「他們是在歡迎城主出巡歸來。」

「歡迎城主歸來，還要這麼勞師動眾。」他相當費解的說。

「這是我們珊瑚城一年一度的大事。」魚情侶表情很肅穆。

「我們城主是到珊瑚城四周鄰國做友好的關係和祭祀，以求年年平安和風調雨順。」

「哦！原來如此。我真的不知道，你們也需要平安。」綠撒但很單純的說。

「當然需要，誰叫這世界有好人、有壞人，有時你不去攻打別人，別人卻會來侵犯你。所以我們還是得防範，這叫居安思危，以免到時候怎麼死的都不知道。」魚情侶無奈的表示。

綠撒但點點頭說：「你們說的好像蠻有道理的哦！」

魚情侶看牠一派天真的模樣，忍不住問：「綠撒但難道你都不擔心自己的族群被攻擊嗎？」

綠撒但愣了一下：「我不知道，因為我從來就沒有想過這個問題，自從我們來到金芯之島，每天都過得自由自在，想幹什麼就幹什麼，肚子餓了就抓小紅精靈或小黃精靈來吃。」

魚情侶瞠目結舌的說：「那你……會吃人嗎？那我們不就死定了。」話一說完，驚慌的轉身要開溜。

綠撒但生氣了，伸出長長爪子，硬是把兩位抓回來，對著他們說：「你們不要這麼緊張好嗎？真要吃你們兩個，我早就吃了，怎麼可能跟你們哈啦這麼久，又送你們『情人夜明珠』？再說我們只吃小紅精靈或小黃精靈，除非……逼不得已，或者……」他語帶保留，立刻話又轉：「其實很久很久以前我們在另一個世界時，是不靠任何食物來維持生命的，但是我們的生命，只有幾百年之久。

而來到金芯之島不久，有一個魔鬼化身的天使，告訴我們的大頭目說，吃了島上的小紅精靈或小黃精靈，會讓我們長生不老，大頭目一聽，如獲至寶，很高興的告訴大家，這個好消息，後來大家吃了，卻沒有人知道到底自己會不會長生或不老，但是覺得小紅精靈或小黃精靈味道鮮美，像人間美味的極品，就拼命的吃，卻也招來紅、黃精靈兩族的追殺。」神情落寞，帶著幾許難過，眼睛不經意的向前看，看到前方有一樣奇特的兩顆樹。

魚情侶一聽甚感歉意，說：「真不好意思，誤會了你。」

「沒關係，但是你們可以告訴我，『珊瑚城』城門前，左右兩邊各種了一顆樹，樹上為什麼要吊著一個銅製卻像喇叭形狀的東西？」綠撒但手指著前方。

「哦！這兩顆樹是鎮城之寶，它的另一個作用是『紅紅冷泉』和『宮廷花』的解藥。」男魚人搶著回答。

「解藥！」綠撒但大吃一驚。

「對啊！進城前吃了『紅紅冷泉』和『宮燈花』，那要離城之際，我們一定會把他（她）帶到這兩顆樹其中的一顆樹下，樹上那個喇叭，它會自動垂下來，將他（她）吸起立刻左右擺動三十下之後，又自動停下來，放掉那人，在放下的剎那間，那人已經完全恢復正常。但是要記得一個也不能多，而且只有一次的機會。」

「真是不可思議的兩顆樹，如果在金芯之島陸上誤食『紅紅冷泉』和『宮燈花』，是不是一定要跑來你們海底找這兩顆樹才能化解？」綠撒但覺得神奇又納悶的問道。

「你問得真好，但是這是我們『珊瑚城』的秘密，很難奉告。」女魚人很機伶的回答。

綠撒但的個性直來直往，很討厭人家故弄玄虛或賣關子，只要牠想知道的事，一定不擇手段，所以當女魚人說：「是秘密，很難奉告。」牠一聽，心裡就很不爽快，立刻伸出長長的爪子勒住男魚人的脖子，生氣的說：「我最討厭人家，說話說一半，太不乾脆，妳現在要不要說？」綠撒但威脅著說。

女魚人一看花容失色的叫道：「你怎麼說變臉就變臉？」

「是你逼我的，這也是我們綠撒但隨心所欲的特性。」以十分厭惡的口氣直說。

「你……你……你太壞，太強人所難。」女魚人難掩內心的憤怒。

綠撒但眼看那女人囉囉嗦嗦，令牠厭煩至極，說：「你是想看到你所愛的人，在你面前窒息而死嗎？」一面故意勒緊男魚人的脖子，讓他發出哀嚎的聲音。

女魚人被迫就範，心不甘、情不願的說：「只要把中毒之人，捲上天空，左右擺動三十下之後，然後放下來，那人在放下的剎那間，已經恢復正常。」

「嗯！很好。現在你再告訴我，如何摘取『宮燈花』。」乘勝追擊的逼問，一手略略鬆開男魚人的脖子。

「你……你不可以得寸進尺。」女魚人憤怒到極點。

「你真煩，男魚人你來說。」牠推一推他的身體。

「好吧！但你不可以洩密，否則我們倆會沒命的。」男魚人迫於無奈，也道出洩密者的後果，而一旁的女魚人神情急促不安。

「有這麼嚴重？好的。」綠撒但感到不可思議，只好隨口答應。

「是的，其實要取得『宮燈花』是很簡單的，只要你在那座種『宮燈花』的宮廷山山下，對著隱藏在山壁的石牌上面刻著『宮燈山』的前方，呼喚『珊瑚城、珊瑚城，我是珊瑚城的城主。』三次，風神就會把『宮燈花』送到你面前，但記得要跟風神道謝說：『風神辛苦，上坡小心。』若沒有跟他說道謝的通關密語，他會認為你假冒『珊瑚城』人，『咻』一聲把『宮燈花』拿走，並要了你的命。」

綠撒但滿意的點點頭，心一爽，伸出爪子，折斷了中間最長爪子的最尾端一小段細爪，折斷之後它馬上又長出來，把那一段細爪遞給男魚人，說：「當你遇到危險時，就大力扯一扯這細爪，我就會感應到，會瞬間出現來保護你。」

一說完，綠撒但轉轉身子，『嘰、嘰』二聲就消失得無影無蹤。

男女魚人被綠撒但的隨性感到錯愕不已。

「主人，這就是整件事情的始末。」綠撒但講得口沫橫飛。

「原來如此，太好了，『綠撒但』你負責去把它取回來。」王海道僕人一抹笑謔、奸邪的神色。

「遵命！」綠撒但轉身立刻出發。

不一會兒的功夫就取回「紅紅冷泉」和「宮燈花」兩樣東西。

王海道僕人一拿到「紅紅冷泉」和「宮燈花」，毫不遲疑的就到金芯之島最富有的陳富翁家裡。

他一進門見到陳富翁便笑吟吟的說：「今天我特地拿這個得來不易的青春不老之『紅紅冷泉水』和百病不侵且能延年益壽功效的『宮廷花』來給你吃看看，聽說一吃馬上見效。我之所以拿這個給你，是為了謝謝你多年一直為聖殿、為百姓出錢又出力。」一手遞給他，一面解說著它神奇的功效。

陳富翁搖搖頭，一手推拒著說：「謝謝你的好意，為聖殿、為百姓出錢又出力是我心甘樂意，其實王僕人你比我更辛苦，是最有資格，也是最需要吃這東西的。」

「你不要這麼客氣，我心疼你平日對聖殿一切事物勞心勞力，對弟兄姊妹照顧有加，所以我才把這上好的東西送給你。」王海道僕人神情有些詭異，高深莫測的笑著說。

「這……我還是覺得不妥，畢竟這是弟兄姊妹要慰勞你的一番心意，對你的一種疼愛和敬意，你何必費心轉送給我？」陳富翁還是婉拒他的好意。

「這個我知道，但是我更覺得這東西，是您配得的，請您不要謝絕我的一番心意，不然我會感到很難過的。」王海道僕人用著三吋不爛之舌鼓吹著。

「這……好吧！謝謝你的好意。」他在盛情難卻之下，只好勉為其難收下。

陳富翁接過東西，有感而發的說：「其實我根本不想青春不老，也不敢奢望甚麼百病不侵且能延年益壽，我只希望我內人的不知名怪病，少發作一點，我就心滿意足了。」陳富翁滿心憂慮，又說：「我的夫人常年為不知名的怪病所苦，尤其一睡眠不足或太勞累就會發作，也常常莫名發作，有時一發作起來就摔得鼻青臉腫，有時甚至摔得頭破血流，四肢不停抽搐，口吐白沫，深怕一不小心就會要了她的命，我好憂心有一天我老了，再也無法照顧她或因一時的疏忽，夫人她一聲不響的就離開世界。」

王海道僕人一聽，認為此機不可失，說：「你為什麼不早點告訴我夫人的病？我知道某山上有一種草藥可以這根治不知名的怪病。」

陳富翁一聽信以為真，十分欣喜的說道：「真的有這種草藥？」

王海道僕人答：「真的有這種草藥，請你相信我，身為神的僕人豈可隨便說謊？」

「在哪裡？我立刻派人去摘取。」他心急的問道。

「這……這怎麼說得清楚！」王海道僕人吱吱吾吾的回答。

「那要怎麼辦？」陳富翁聞言神情黯淡下來。

「沒關係，我雖然無法描述出正確的位子，但是我可以帶你去。」裝出一副古道熱腸的模樣。

「哦！真的，可是這樣會不會麻煩你？」陳富翁既喜又憂的說道。

「你是我的百姓，為我的百姓做事是天經地義的事，哪有甚麼麻不麻煩的？」王海道僕人道貌岸然的說著。

「謝謝您！謝謝您！」他歡喜極了，不停向王海道僕人道謝。

王海道僕人心裡想打鐵趁熱，便說：「事情就這麼說定了，那我們明天就出發。」

「這麼快！」陳富翁大吃一驚。

「當然越快越好，這種病要越快治療效果越好。」笑咪咪的王海道僕人瞎扯的說。

「好吧！那我需要準備甚麼東西？」

「嗯！帶個水等之類的，越輕便越好，如果我們腳程快的話，大概一天半就可以來回。」王海道僕人略為沉思一下後回答。

「這樣聽來，好像不怎麼遠嘛！」陳富翁歡喜的說。

王海道僕人趁機提醒：「對了！我剛才拿來的『紅紅冷泉』和『宮燈花』這兩樣東

西，記得要把它服用，它可以大大增加你的體能和精神，幫助你明天上山更有體力。」

「好的！」陳富翁隨口答應。

王海道僕人帶著一股詭異的笑意離去。

王海道僕人走了之後，陳富翁心想，這麼好的東西，還是給身體虛弱的夫人吃，於是他立刻拿去給夫人吃下。

王海道僕人帶著陳富翁往某山上出發。

出發不久，開始拾階而上，陳富翁爬得上氣不接下氣，氣喘吁吁。

王海道僕人趁機問道：「昨天我給你的兩樣東西，你有沒有吃？」

陳富翁愣了一下，還是老實的回答：「我……我給我的夫人吃了！」

「啥！你給夫人吃，你辜負了我的一番心意。」王海道僕人馬上變臉，冷冷地笑了一下，那笑像一塊炭火上薄薄包了一層冰。

「我是想夫人的身體不好，比較需要它。」陳富翁試圖解釋。

王海道僕人心裡恨得心癢癢，卻只能裝作不在乎「哦！」一聲之後，王海道僕人和陳富翁兩人一路上，陷入沉默不語。

到了山崖上，王海道僕人指著靠在山崖邊沿的一片花草說：「就是這個藥草。」

陳富翁興奮、迫不及待彎下身採取此藥草。

王海道僕人見到千載難逢的好機會，推了陳富翁一下，他搖晃一下，即踉蹌跌倒在地，問：「王僕人你幹嘛推我？」

王海道僕人立刻露出猙獰的面目說：「我不是要推你，而是要你的命。」

倏地，陳富翁腦子轟然一聲乍響，不解的問：「你……你為甚麼要我的命？」

「誰叫你那麼有錢！」王海道僕人陰陰地說。

「這是神給我的恩典？」陳富翁惴惴不安的說。

「哈哈……好一個神的恩典！但是神也太偏心，居然給你那麼多財富，你知道人有了權力之後，是多麼渴望有錢，所以我要借用你的錢財來壯大自己的聲勢地位！我要你現在寫下：你願意把所有的財產都捐給王海道僕人來做神的工作，這樣我可以放你一馬。」他毫不諱言的直說。

「我拒絕！」陳富翁凜然地說。

「那你是要自己跳下去，還是要我動手。」王海道僕人的臉色如烈火炎炎，宛若有著無邊無際的血災火光，又宛若冬天時颳在平原的寒風，就像臘製的一樣僵硬著，但手指卻向著前面的山崖。

陳富翁站起來，挺直腰桿，毫不畏懼的說：「你這樣做，難道不怕神懲罰你？」

王海道僕人冷冷的說：「我吃了「『掩蓋罪惡之草』，還怕甚麼？」

「天啊！這是甚麼世界？」陳富翁沉痛不已的叫著。

「哼！你真的很無知，連這是弱肉強食的世界也不知道。」王海道僕人不耐煩的回應。

「你一定會有報應的。」陳富翁心有不甘並沉痛的說。

「死到臨頭，廢話還那麼多，你動作快一點！不然我可要動手了。」王海道僕人不耐煩的催促著。

陳富翁快步走到山崖沿前，這一剎那，恍彿看見死神深邃冷冽的身影，在他眼前晃來晃去，但他一點也不害怕，勇敢的往山崖下跳下去，且淒厲的大叫：「你一定會有報應的，神是公義的。」整個山谷竟迴蕩著：「你……會……有……報……應……的」的聲音。

王海道僕人見陳富翁已跳下那深不可測的山谷，心想他必定死無疑，所以他連往前看一下山谷裡的情形也懶得看一眼，但卻十分滿意自己的勝利，頭也不回就轉身離去。

陳富翁的夫人自從服下那「紅紅冷泉」和「宮燈花」這兩樣東西之後，一直沉睡到隔天的中午，而醒來之後，整個人目光無神，神智呆滯，面如槁木，也不知道要做甚麼，成天只坐在椅子上，讓陳富翁的兒子—小平看得憂心不已，這時王海道僕人正好出現，一見他就欣喜的問：「王僕人叔叔你回來真好，那我爸爸在那裡？」頭自然往外探看。

「他很快就回來！」王海道僕人面帶笑容，眼神卻閃爍。

「哦！」小平相當失望，低下頭來

王海道僕人上前摸摸小平的頭說：「別擔心呀！」一面往陳家裡面東張西望著。

小平經他一說心情略轉為安，而抬頭之際，無意看見王海道僕人的眼睛不停往四處搜尋，他稀奇的問：「王僕人叔叔你在看甚麼？」

「怎麼沒有看到你媽媽呢？」心懷不軌的問道。

頓時，小平神情黯淡下來：「自從我爸跟你出門之後，我媽就變得好奇怪！你問她要甚麼？或吃甚麼？想做甚麼事？她通通都說：『好』，真讓人擔心！」

「真的，那有沒有請大夫來！」王海道僕人裝出一臉驚訝，心裡卻是竊喜不已。

「沒有！我想等爸爸回來再說！」小平無奈的表示。

「哦！那你媽媽人在哪裡？可以帶我去看看嗎？說不定我可以醫治她。」他不安好心的說。

「好。」小平不疑有詐，帶他進入媽媽的房間。

「陳夫人，我王僕人來看你哦！你是哪裡不舒服？我來為你禱告，請神來好嗎？祂可以醫治你的病。」他假惺惺的說著。

陳夫人目光無神，神智呆滯，緩緩的轉過頭，氣若游絲的說：「好」。

「陳夫人好像病得不輕呀！」王海道僕人嘆了一口氣。

這一說又使小平心情落至谷底問：「那我該怎麼辦才好？」

「小平，你先不要擔心，讓王僕人叔叔為她禱告完了再看看，現在你先出去一下。」他安慰著。

「好。」小平退出門外等候。

王海道僕人看著陳夫人不禁露出愉悅的笑，說：「真是太好了。」心裡想著試試她服下那「紅紅冷泉」和「宮燈花」的效果如何？他迫不及待開口說：「陳夫人現在你去把你的珠寶拿來給我好嗎？」

「好。」說一聲，陳夫人立即起來，去取出珠寶盒來給王海道僕人，他接過它竟得意忘形的大笑起來。

小平聞聲立刻跑進來，看到王僕人叔叔手裡拿著媽媽的珠寶盒，不停地狂笑。他大聲叫道：「王叔叔你在幹甚麼？」

「我要你家所有的金銀財寶。」王海道僕人猖狂、毫不避諱的直說。

「你……你怎麼可以這樣！」小平又氣又怕眼前這個像強盜又像魔鬼的人。

「這是你爸臨終前交代給我的。」王海道僕人謊稱說。

「唰！」小平臉色立刻變得十分死灰，說：「我爸爸死了！這怎麼可能。」他突然間發狂似的，歇斯底里的大叫：「是你，一定是你害死我爸的，今天我要跟你拼了！」話一說完，他整個直撲過去，要打王海道僕人。

他一見狀，迅速挪動一下身體，閃躲過小平的衝撞，同時不忘伸出他那強而有力的手，把小平擒住並狠狠踹他一腳，當他跌躺在地之後，王海道僕人立刻把他壓制住，讓他毫無縱身躍起的機會，說：「小孩人別這麼衝動！有話好好的說。」

小平不停掙扎，一心一意想掙脫他的掌控，十分氣憤的怒罵：「呸！你這個殺人魔，你不是人。」

王海道僕人聞言後忍不住狂笑著：「我當然不是人，我是神的化身，是王者之尊。」

「呸！不要臉的東西，你也配為神的化身，是王者之尊？」小平情緒激動的反駁。

「你給我閉嘴！再說下去，就讓你永遠消失在這世界，只有這樣我才能落個耳根清靜，你聽到了嗎？」王海道僕人臉色開始變得很難看。

「我就是要叫你『不要臉』、『下三濫的東西』，『強盜』、『殺人魔』……我就是要大聲的叫，我要大聲的叫，叫得讓全世界的人都聽得到，還要告訴大家，你是一個面善心惡，披著羊皮，藏著狼心腸的大壞蛋。我就不信光天化日之下，你還敢殺人。」小平難忍心中的恨氣，只好一再叫罵著。

王海道僕人臉色一陣白、一陣青，突然冷冷地笑了一下，那笑像一塊炭火上薄薄包了一層冰的說：「我告訴你，這世界沒有甚麼事是我王海道僕人不敢做的，而且殺一個人是殺人，那殺十個或一百個也是殺人，所以多殺你一個，還是只是殺死人而已，這有甚麼好怕的？」

語一畢，王海道僕人突然皺緊眉頭，口吐一縷縷寒霧，瞬間將小平變成冰凍人，不一會兒，那冰凍人發出噼哩啪啦的聲音，整個人便碎裂成冰片，化為一攤水。

陳夫人呆立看著這一幕幕的慘劇，卻沒有異樣的反應。

王海道僕人當轉身對著她說：「你現在把家裡值錢又貴重的東西，都拿出來給我，我幫你保管。」

陳夫人目光無神，神智呆滯答：「好」，馬上轉身取出，交給王海道僕人。

他眉開眼笑，笑得合不攏嘴的說：「陳夫人你真乖，你可以去休息了，我也要回去了，再見哦！」

王海道僕人心滿意足，踏上回家的路。

跳下山谷的陳富翁，被長在險峻懸崖峭壁中一棵叫「幻影樹」的樹枝勾住，陳富翁掛在「幻影樹」上三天三夜，都靠摘取「幻影樹」的樹葉維生，到第四天時陳富翁手腳感到有一點麻痺感，想伸一下懶腰，又不敢太用力，怕樹枝會折斷，輕輕一伸展出去，居然身輕足捷，不費吹灰之力「咻」一聲，躍上懸崖頂，陳富翁驚奇，故意使個勁，「咻」一聲，又一躍過天際，再使個力，又重新回到地面，他難以置信自己怎麼突然有這樣的功力，於是他忍不住試一試左、右腳，再一次使個力，一股勁風猛然撲出，整個人竟連續「咻」、「咻」、「咻」來無影去無蹤，又像似傳說中的「飛躍風中的天使」騰空而上，凌空而下，時如龍騰而起，有時如白浪掩至，且一飛躍就是好幾百公尺以外。陳富翁驀然想起這幾天來都是靠崖峭壁中的那一棵「不知名」的樹葉維生，莫非那一棵樹，就是傳說中失蹤已久的「幻影樹」？為了證實一下，他又回到原來那險峻懸崖峭壁的地方，尋找那一棵「幻影樹」，竟不見它的蹤跡，他甚為稀奇，但是頓時心裡明白原來是神在暗中幫助他，心存感激不禁流下淚，他知道這是神的旨意，讓他活下來。

陳富翁立刻踏上回家之路。

一到家，門窗大開，家裡顯得有一點凌亂，陳富翁顧不得凌亂，衝進各個房間找夫人，見到夫人躺在床上睡覺，他喜極而泣，搖一搖她的身體，叫道：「夫人，我是富翁，你醒醒。」

只見夫人幽幽然，睜開呆滯的眼睛，看了陳富翁一眼，又似很倦怠的閉上眼，什麼話也沒有說，陳富翁看到她這樣，一時情急之下大叫：「夫人，你醒醒啊！夫人，你醒醒啊！」搖不醒夫人，他立刻起身到各個房間找兒子，一面走，一面叫著小平，卻看不到蹤影，心開始往下沉，回頭卻見到夫人房間有一灘奇異的水，望著它，心裡突然湧上一股莫名的不安，又想到夫人的樣子，以及自己被逼迫跳下山崖的事，種種苦難像排山倒海而來，又想到王僕人的險惡，那猙獰、醜陋的面目，他感到心寒、痛苦不已，唉！面對家裡這突如其來的遽變，他感到茫然無助，突然之間，淚水竟不聽使喚，像河水般流下來，掉到那一灘奇異的水之中心，它居然馬上起了一顆一顆的泡泡，且不停的滾動，也不停冒著泡泡，一直冒泡到那一灘水，完全消失，而小泡泡漸漸變成大泡泡，而大泡泡又變成一縷縷輕煙往上飄蕩，一縷縷煙霧在飄散空中，漸漸的霧消失了，煙也消失了，竟出現一個人，那人就是小平，陳富翁難以置信，怔忡一下，不停揉著眼睛說：「你……你……是小平嗎？」

小平聽到父親的呼喚聲，驀然的清醒過來：「爸爸！」

陳富翁既高興又激動的叫著：「小平，我的好兒子。」

父子相擁而泣，想想才分離幾日，卻恍若隔世。兩人歷經了生離死別，竟能再一次團圓，既激動又感恩的抱頭痛哭起來。

小平娓娓道出王海道僕人惡行。

陳富翁咬牙切齒，氣憤難當的說：「我一定要千刀萬剮殺死他。」

「爸爸你冷靜一點，我們要先救媽媽才對。」

「哦！我竟氣昏了頭，忘了解救你媽的事，可是我們要如何才能拿到王海道僕人身上的解藥？」

「裝神弄鬼來嚇唬他，因為他認為我們倆早已死了。」小平提議。

「他會怕嗎？」陳富翁充滿疑慮的問。

「不知道，但是總要試試看！」小平一點也沒有把握，計謀到底會不會成功。

「好吧！就這麼辦。但是由爸爸我一人來做，因為我有幻影的魔力。」

「真的？爸爸你好棒啊！可是要小心一點。」小平眼神充滿敬佩又不忘提醒他的安危。

「嗯！」他欣慰的點點頭。

這幾天總有一襲白袍在風中極速晃過來又晃過去，打擾王海道僕人的安眠，有時半夜醒來，有一點半醒半夢間，猛然發覺有一位似鬼似人的東西森冷的，倒映在牆壁上瘦如細爪的手，在月色的襯托下像極了吸血鬼奪命爪，從眼前襲來！哇！原本還在跟瞌睡蟲做拉鋸戰的他被嚇得七魂六魄瞬間都歸了位，睜大眼赫然發覺那一襲白袍，竟是個骷髏人。雖然他天不怕、地不怕，王海道僕人心知肚明那「骷髏人」根本不是他的對手，他一點也不放在眼裡，只是影響他的睡眠，他的情緒，但王海道僕人遲遲未動手收拾牠，只是想了解對方的來意，所以他才會一再忍……忍……。

這一天夜裡，王海道僕人又赫然驚覺那個偏遠角落裡，似乎又發出熟悉的聲音，但這聲音，令他相當不快，於是他不急不徐放下手中的書，走了出去，決定瞧個究竟，眉頭一蹙，又見到那一個白白的影子，在他面前在風中極速晃過來又晃過去，於是，他大聲呼叫二次：「寶貝輕功出現」，變得身輕如燕，也飄飛到空中追逐著它。

王海道僕人到了它面前，一看就不客氣的說：「雕蟲小技，請你速速滾開，你若惹火我，我保證你四肢全斷、面目全非，下場十分悽慘。」話一說完，轉身欲離去。

陳富翁一時情急之下，急速狂躍至他面前，阻擋去路，說：「你這大壞蛋納命來。」

「唉呀！我還以為是哪一個吃了熊心豹膽的小鬼，原來是你—陳富翁，死了不瞑目想來向我索命，我勸你還是省省力。」王海道僕人一點也不放在眼裡，輕藐的說。

這時，兩人同時飄飛回地面來。

「你……你……這個垃圾……這個神國的人渣……你……這個敗壞神名聲的雜碎。」眼看王海道僕人他殺死人，一點也不感到愧疚、害怕，這簡直是沒心沒肝的畜生，一想到這裡，心中一股怒燄沖天，忍不住罵了出來。

他沉默了半响之後，兩眼猙獰、滿臉青筋、劍拔弩張，狠狠的說：「你這個死鬼還會罵人，今天我就讓你永遠回不了天堂。」

「我不是鬼，我根本沒有死。」陳富翁據實以告。

他倒抽一口冷氣，難以置信：「這怎麼可能？」

「這世界沒有什麼事是不可能發生的，再告訴你，我的兒子也沒有死。」

「那更不可能……不可能。」一陣異常的涼風吹來，他眼神驚恐萬分，瞬間頭皮發麻，無法動彈，接著臉急速轉白，然後身體開始抽搐起來。

「小平出來。」陳富翁立刻擊掌呼叫躲在不遠處的兒子。

「這……這……這不可能是真的，從來就沒有人逃過我『霧淞之冰』和『寶貝星星』兩者結合的魔力。而它更沒有什麼解藥。」說著說著，王海道的身體不停往後退。

「有，它是有解藥的，是『愛』，我的眼淚滴落到那一灘水裡，我兒子就死裡復活了，我就知道是我的『愛』救了他。從那一刻起，我才深深明白，『愛』是一股無形的偉大力量，也只有『愛』才能改變世界。」

「不……這是世俗人……是愚笨人騙自己的謊言。」他還是強辯的說。

「不管你相不相信，這個事實，請你告訴我『紅紅冷泉』和『宮燈花』的解藥。」他不想再跟一個沒心沒肝、惡毒不堪的人，多費口舌。

「哈……哈……你不是說『愛』是一股無形偉大的力量，你不是說，只有『愛』才能改變世界。你現在怎麼還來求我呢？」一副反敗為勝的表情，得意的笑著。

「我只求你，告訴我解藥在那裡。」他用著幾近乎於哀求的語氣，對於他的譏笑，覺得十分反感，但不願意與他多爭辯，只好當作沒聽到。

「哈……哈……看在你這麼低聲下氣的份上，我真的想給你，可惜呀！可惜呀！我自己也不知道，真是愛莫能助。」他裝出一副假惺惺的同情和憐憫。

陳富翁一聽，王海道僕人也沒有解藥，一時悲從中來，居然流起淚來，說：「神啊！我的夫人該怎麼辦？」，在一旁的小平看到爸爸如此絕望、傷心而轉向王海道僕人，對著他大聲咆哮著：「你這個惡魔又在騙人了！」

「你這個小鬼說話，請客氣一點，不然我會讓你好看。」王海道僕人很不爽的警告著。

「來啊！誰怕誰？」小平胸部一挺，作勢要衝出去。

陳富翁噙著淚珠拉住小平：「孩子，我們走吧！」

這時，只見王海道僕人身子扭動一下，一陣白茫茫煙霧從王海道僕人口中飄出來，原來是綠撒但跑了出來，說：「主人，你說謊，我記得有告訴你，把他（她）帶到『珊瑚城』，城門前的兩顆樹其中的一顆樹下，喇叭它會自動垂下來，吸起他（她）後再左右擺動三十下之後，又自動停下來，放掉那人，在放下的剎那間，那人已經完全恢復正常。但是要記得一個也不能多，而且只有一次的機會。或者只要把中毒之人，捲上天空，左右擺動三十下之後，然後放下來，即可。」

王海道僕人十分凶惡罵：「你膽子很大，居然自己跑出來，馬上給我滾進去。等一回去，看我如何教訓你！」

「綠撒但—好人」一聽主人的兇色厲言，立刻化為一陣煙霧，以迅雷不及掩耳的速度飄入口中，回到王海道僕人身上。回到他身體裡的綠撒但，相當害怕的大叫：「主人！請你原諒我，不要處罰我，我知道，我多嘴是錯的。」

陳富翁父子高興的向綠撒但說：「謝謝你！好心的綠撒但你會有好報的。」

王海道僕人氣得轉身就走了。

「是，主人我知道錯了！你饒了我這一次吧！」綠撒但害怕的苦苦哀求著。

「休想！你馬上大聲唸它三百萬遍。」王海道僕人在盛怒中斷然拒絕。

噤若寒蟬的綠撒但開始大聲說它，直到三百萬遍為止。「看你以後還敢不敢隨便亂講話。」

陳富翁立刻回家照著綠撒但說的，把夫人捲上天空，左右擺動三十下之後，然後放下來，剎那間，已經恢復正常。只是當陳富翁把夫人捲上天空，左右擺動時，有一顆青色肉球莫名從夫人身上甩了出來，青色肉球跌落在地，變成一個青色圓圓的似球狀的精靈，望著上空的陳夫人而喃喃自語：「唉喲！好不容易找到陳夫人這個肥缺，這下子我又變成流浪兒。」話一完，牠立刻滾走了

當他為夫人解開毒，發現夫人的青綠臉色變紅潤、氣色漸漸好起來時，陳富翁全身開始散發一股奇異的炙熱，不停流向指尖、腳尖衝去，一股股金燦燦的熱氣，不斷衝了出

去，好像整個人被分解似的，漸漸的熱氣越來越消退，但那感覺是舒服、順暢的，等整個奇異的炙熱現象完全退去，他試著使個力，身子動也不動，還是站在原地，他心裡想剛剛是不是神，在收回「幻影」法力？於是他忍不住用左腳、右腳的腳尖試一試，一次又一次的使個勁，真的已失去「咻」一聲，一躍過天際，再使個力，又重新回到地面的法力，現在無論他如何使力，也已經不能有一股勁風猛然撲出，讓整個人竟連續「咻」、「咻」、「咻」來無影、去無蹤，且能一飛躍就是好幾百公尺以外了。

這時陳富翁他知道自己變回正常人，既然夫人已經救回，而且病也好了，他對「幻影」魔力的消失，沒有甚麼不捨，只覺得自己十分幸運，不管遇到多大的災難都能逢凶化吉，安然的度過，這也是一種恩典。

殺人

王海道僕人知道神是仁慈的，即使自己作姦犯科，甚至殺人無數之後，只要向神認罪悔改，神還是一樣會赦免他所犯的罪。王海道僕人緊緊抓住這一點，再加上他現在又擁有「掩蓋罪惡之草」，即使作惡多端，一樣能瞞過神的眼目，縱使有一天被神發現他的作所為，他只要到神面前，向神懺悔、認罪悔改，上帝一樣會饒恕他，這是上帝親自給祂自己揀選出來僕人、百姓的一個應許，身為祂的百姓們所擁有的特權，王海道僕人抓住此應許，便有恃無恐，膽子越來越大，為所欲為，不斷假藉神的名義來行使命令。

首先他下了一道命令叫島上所有的百姓在安息日，一定到聖殿做禮拜，若有人不遵從者，被捉到一律格殺勿論。還有到聖殿做禮拜遲到或早退，一律關「密閉室」十天。還有在安息日做禮拜時，若不小心睡著了或打瞌睡的人，耳朵被穿洞掛一個「我以後再也不敢做禮拜時睡覺或打瞌睡」的牌子。

命令一出，百姓彼此議論紛紛說：「這太專制了吧！小小一個神的僕人，他憑甚麼為金芯之島訂定律法。」

有人不屑的說：「王海道僕人他以為他是國王？還是上帝？太可笑了。」

有人心生畏懼的說：「神的僕人居然當起了魔頭，那我們的日子不是越來越難過？」

有人還把它當笑話看待：「好啊！我們來看看一個長得又矮又瘦小的神僕人，是怎麼殺人的。」

有人搞不清楚狀況的說：「王海道僕人他甚麼時候變成訂定律法的人？為甚麼要這樣做？律法為甚麼又如此嚴厲？」

有一些人質疑著：「金芯之島真的需要這樣嚴苛的律法？」

大家圍著七嘴八舌討論起來，這時王海道僕人走過來：「你們在做甚麼？」

大家轉頭一看是王海道僕人，心裡懼怕而一哄而散，卻有一人不識相的大聲嚷嚷：「金芯之島的魔頭來了，快逃唷！」

王海道僕人臉色一陣白、一陣青，突然皺緊眉頭，口吐一縷縷白煙，瞬間將那人變成冰凍人，大家驚嚇不已而停下腳步看看，這到底是怎麼一回事，不一會兒，那冰凍人發出噼哩啪啦的聲音，整個人便碎裂成冰片，化為一灘水，大家看到這個情景嚇傻了眼。

王海道僕人看到大家驚恐的表情，感到很得意笑的說：「你們剛才看到甚麼了嗎？我告訴你們，這只是牛刀小試而已。」

大家嚇得魂不附體，拼命四處逃竄。

王海道僕人見到百姓如此驚懼，他心裡充滿勝利的快感，不禁哈哈大笑說：「這叫順我者昌、逆我者亡。」

親眼目睹王海道僕人殺人的百姓們到處說著：「神的僕人殺了人。」，「王海道僕人會殺人。」

百姓個個義憤填膺、沸騰起來。

喜樂內心憂傷主人的行為，為了他、為了百姓還是鼓起勇氣，小心翼翼、輕聲細語的跟王海道僕人說：「主人，你定的那律法似乎太嚴苛了一點。」

王海道僕人露出不悅的說：「不嚴苛他們會聽嗎？不嚴苛就顯不出我的威風。」

「可是……」喜樂囁嚅說：「這律法不適合金芯之島的百姓。」

「死奴才，你給我閉嘴，我的事你少管，我不想聽你囉哩囉唆。」王海道僕人帶著幾分不悅的表情，拂袖而去。

「主人，主人。」喜樂傷心又不死心的呼叫著。

告狀

百姓們向胡來長老告狀：「王海道僕人殺人。那死人竟變成了一灘水之後，就不見了。」

胡來長老大吃一驚：「這怎麼可能？你們真是愛說笑。」他看看這些人，只不過是一些烏合之眾，就不想理會。只是胡來長老心裡還是非常納悶，王海道僕人他何時變了，如此大膽，竟然在大庭廣眾之下殺人，而且又擁有那樣厲害、高超的法力，他懷疑他是不是和邪靈相交，不然怎麼會變得如此囂張殘暴和膽大妄為？算了吧！多一事不如少一事。

眾人見胡來長老不願意搭理，他們只好氣沖沖離去。

百姓轉向藍郝芒長老說：「王海道僕人殺人。」

「不會吧！他這麼愛百姓怎麼可能殺人？」她斬釘截鐵的說。

藍郝芒長老看看這些人，心想一定是在開玩笑的。

心裡有一點微忿的驅趕：「你們快走開，你們一天到晚只會毀謗王海道僕人，我不想聽，也不想看到你們。」

百姓們百口莫辯只好黯然離去。

百姓們轉去告訴吳小晏長老：「王海道僕人殺人。」

吳小晏長老嚇了一大跳，用氣若游絲的聲音說：「啊！王海道僕人怎麼能做出這事？這事很嚴重，你們快去找大長老胡來。」

大家義憤填膺的說：「我們已經找過大長老胡來，不知他是怕事，還是不相信我們，來個相應不理。我們只好摸摸鼻，識相的離去。」

吳小晏長老張大著嘴、難以置信的說：「不會吧！」

百姓異口同聲說道：「真的，大長老胡來根本不甩我們。」

無奈寫滿吳小晏長老的臉：「哦！我是很想出來主持公義，可是你們看我的身體，猶如風中之殘燭，自身難保，那你們有沒有去找藍郝芒長老？」

「別提她了，她根本是愛神愛到是非不分。」百姓們對她大失所望也很不滿。

「哦！」吳小晏長老心裡也料想得到藍郝芒長老的反應。

吳小晏長老內心滿憂心又使不上力來處理，只好說：「不然你們去找辛壹施長老，他為人很正直，嫉惡如仇，我相信他一定會給大家一個交代。」

百姓相信身體羸弱的吳小晏長老所言，便相偕前去找辛壹施長老。

大家告訴辛壹施長老：「王海道僕人殺人。」

辛壹施長老聽了憤怒到極點，立刻從椅子上跳了起來，且大叫：「這種人饒不得。」，立即率領百姓去聖殿找王海道僕人。

王海道僕人正坐在聖殿旁廂房翹著二郎腿，悠哉悠哉哼著聖歌，心情好得不得了。正想要舒展一下筋骨時，轉個頭望見辛壹施長老怒氣沖沖帶著一票人，衝了進來，一進門，便疾言厲色的說：「王海道僕人你為甚麼殺人?該當何罪?」

王海道僕人輕輕鬆鬆的笑著回答：「辛壹施長老甚麼風把你吹來?瞧你臉色還真難看，是發生了甚麼驚天動地的大事嗎?」

辛壹施長老劈頭問：「少來這一套，你為甚麼殺人?」

王海道僕人嬉皮笑臉的回答：「辛壹施長老你在說甚麼?我怎麼都聽不懂?」

辛壹施長老很不客氣的說：「你少給我裝蒜。」，辛壹施長老厭惡的說著：「男子漢大丈夫做事要有擔當，有就有，沒有就沒有。」

氣閒神定的王海道僕人問：「那請問一下，辛壹施長老你有看見我殺人?」

「沒有，但是我眼前的這些人有看見，可以作證。」

王海道僕人咯咯笑了起來，手指著這些人：「這些無賴漢和人渣的話能聽嗎？」這些被稱為無賴漢和人渣的人憤怒叫著：「說話客氣一點。」

「哼！」王海道僕人不屑一聲。

「為甚麼不能聽？」辛壹施長老理直氣壯的回答。

依然笑臉迎人的王海道僕人：「好吧！隨你，但是你要拿出人死的證據來。」

辛壹施長老回頭問那一群百姓，百姓心有餘懼的回想：「這……變成一灘水不見了。」辛壹施長老聽了愕然不已，心裡想：「真有這麼奇怪的事？」

王海道僕人勝利的仰臉大笑起來：「辛壹施長老，我王海道僕人已經不是當年那位吳下阿蒙，一天到晚得忍受你的頤氣指使。」馬上變臉大聲斥喝：「辛壹施長老你給我滾，你們這些人渣也給我滾。」

慘遭修理，雖心有不甘的辛壹施長老，只好摸摸鼻，憤憤然轉身離去。

出了聖殿，辛壹施長老叫百姓帶他到出事的地方。

百姓們立即帶領他來到人死之後卻變成一攤水的出事之地，辛壹施長老望著地上左看看、右看看，真的看不出任何的蛛絲馬跡來，這實在太奇怪。辛壹施長老不禁懷疑起王海道僕人的身分。

千爪萬掌

我們都相信好人中有壞人，壞人中有好人存在，壞人都說自己是好人，但是最怕的是壞人，戴著好人的面具，讓人無法辨別。其實每一個人，在自己幽暗處都存在著好人和壞人兩種面具，所以好人和壞人其實只在一念之差。

而披著好人外衣的王海道僕人在聖殿大放厥詞：「那一道命令叫島上所有的百姓在安息日，一定到聖殿做禮拜，是為了大家好，各位百姓們，你們想想安息日，不去聖殿朝拜神，與神親近，神要如何祝福你們，而做禮拜都要遲到或早退，那是多麼的不尊敬神，一個不尊敬神的人，神一定不悅，神若不喜悅，除了不願祝福你之外，有可能施行報復，我為了怕連累到金芯之島其他無辜的人，我只好制定律法來規範大家的行為，以免一粒屎壞了一鍋粥。」哇!多冠冕堂皇的話，從此誰還會懷疑他的動機是甚麼?

包立積在黑教主保護以及帶領之下，練成了「千爪萬掌功」，一直在等待著機會來臨。

這一天王海道僕人到無形磁波運輸跑道控制室巡視，當他走進最大的控制室前，包立積見機不可失，立刻現身擋去他的去路，王海道僕人一看到包立積著實嚇了一跳，說：「喲！你這個吃屎的，原來是躲在這裡。難怪我會找不到你哦！」又很不屑的說道：「你今天又想來找死嗎？」

包立積怒火衝天的指著他：「你這個王八蛋僕人，我看你早就不是當年那位心地良善的神的僕人，你不是魔鬼的化身，就是被魔鬼給附身。」

包立積話一說完，只見王海道僕人扭動一下身子，一陣白茫茫煙霧從王海道僕人口中飄出來，原來是綠撒但跑出來說：「主人，綠奴隸聽令。」

王海道僕人十分不悅的責備牠：「你膽子很大，居然自己跑出來，馬上給我滾進去。」

「主人我是聽到有人呼叫魔鬼，才跑出來的。」綠奴隸怯懦懦的解釋著。

「你給我閉嘴立刻回去。」大聲吼叫著。

綠撒但—好人一聽主人的兇色厲言，立刻化為一陣煙霧從口中回到王海道僕人身上。

「喔！原來你跟魔鬼相交了，難怪你會招魂喚鬼來，而你那善良的心，已經被牠們吃掉了，難怪會凌虐百姓，為非作歹。」

王海道僕人惱羞成怒：「你廢話少說，看我的厲害。」他立刻全神貫注，用力把五官皺成一塊，重重從口吐出一口氣，包立積見狀，便在十秒內連續呼叫三次：「『千爪萬掌功』出現」，牠立刻現身，讓包立積身上佈滿一條條千爪萬掌，而那一口冷若冰的氣，便瞬間將千爪萬掌凝結了，並一一成冰柱龜裂成碎塊，化為一灘水。

一瞬間，斷裂之處又長出更長、更多一條條千爪萬掌，向王海道僕人攻擊，他見情況不妙，大聲呼叫：「寶貝輕功出現」，立刻身輕如燕的飛到上空，但回頭一看，那一條條千爪萬掌長又長，撲向上空要抓他，王海道僕人馬上呼叫著：「好人—綠撒但，我需要你，這是你的世界，快出來。」

好人—綠撒但，立即飄出來說：「主人，奴隸聽令。」

他指著一條條千爪萬掌，說：「快去攻擊包立積。」

控制室被毀滅

「是的，主人。」綠撒但回答，牠露出兩隻長長見骨似的，枯乾、伸縮自如的手臂，露出俐落爪子，去攻擊那一條條千爪萬掌，一剎那間，那一條條千爪萬掌一下便把好人—綠撒但緊緊纏住，動彈不得的綠撒但，呼叫著主人說：「快來救救我！」

王海道僕人立刻拿出「寶貝星星」，呼叫：「寶貝星星出現！」，頓時它對著那一條條千爪萬掌發射一支一支的利刀，攻擊對方，只見千爪萬掌上佈滿一支一支的利刀，但他稍稍一擺動爪子，那一支一支的利刀自動飛出去掉落滿地。

後來見好人—綠撒但趁隙要逃跑，於是他舞動那一條條千爪萬掌去拾起地上那一支一支的利刀，將它一一射向綠撒但。身中數十刀的綠撒但，其中兩刀是致命傷，讓他的雙爪被切斷了，牠大聲哀嚎一聲，就不支倒地死了，化作一縷縷綠煙。

王海道僕人發現自己節節敗退，心想好漢不吃眼前虧，打定主意要先離開，大聲呼叫：「寶貝輕功出現」，立刻身輕如燕，來去自如的飛向無形磁波運輸跑道的出口，包立積見狀立刻追殺過去。

這時黑教主赫然驚覺那個控制室的偏遠角落裡，似乎有了異狀，因王海道僕人和包立積兩人在無形磁波運輸跑道內打鬥，不停震搖著無形磁波運輸跑道，讓它產生極大響聲和震動，這些響聲和震動讓被施了魔法的百姓一個一個清醒過來，扯下黑色的頭巾，開始破壞整個控制室，有人拿木棒、鐵棒砸毀裡面的設施，有人放火燒毀，這時一間一間的控制室火舌四處竄燒，爆炸聲此起彼落，地面開始搖晃，黑教主在急忙中呼叫著：「包立積快回來，救百姓。」

包立積回頭一望，那些被俘虜的百姓們身陷火海的險境。他心想還是先救人重要，只好眼睜睜看著王海道僕人逃走了。

地面慢慢搖晃，越來越厲害，百姓害怕得紛紛四散逃竄，由於火勢太大，加上大家過度驚慌，一會兒往東跑、一會兒往西跑，卻一直找不著路出去。

黑教主看到這種情形，馬上大叫：「請大家從左邊最大控制室的側門逃跑出去，動作要快！」

包立積不停的救人，也不管火勢那麼大，不怕被天崩地裂的掉落物砸死，心中只想到救人，一直忙等全部的人都被救出去時，他回頭又想去滅火。

這時黑教主眼看整個控制中心就要崩塌下去，他趕緊飛過去，拉著包立積，「咻」一聲，立刻飛了出去，瞬間，它便爆炸化為廢墟。

兩人飄浮在空中時，包立積大驚失色的問：「你到底是誰？」

這時黑教主，慢慢卸下殷紅色的大衣，頓時笑得蕩開來，說：「你猜猜看。」

「你是天使。」包立積瞥見到他手心有個「使」字印記。

「你只猜對一半而已，我真正身分是天使們的智者。」黑教主慢慢帶著他回到地面。

「我是為了金芯之島的百姓而來，也是為了你而來的。」黑教主開門見山的直言。

「我？」包立積納悶不已，指著自己的鼻子說。

「是的，本來上帝看你四處為非作歹跟王海道僕人一樣壞，本想藉你的手收拾他，讓你們自取滅亡的。」黑教主老實道出真相。

「這次神看到你為了救人捨己、忘我的心，神決定讓你將功贖罪，希望你能立刻回到天使陣容，重新做一個好的天使。」

「不，我不要回去。」包立積斷然拒絕智者的好意。

「為甚麼？」智者不解的問。

「我的仇還未報。」

「你有甚麼仇恨，能比得上重新回到天使之列，還重要呢？」智者好納悶的問。

「有，我一定要斃了王海道僕人，我才甘心。」包立積道出自認的深仇大恨。

「關於王海道僕人，上帝自己會管教他。」智者不慌不忙地說。

「那還要等好久，我等不及了。」心中忿忿難平的說。

「你何必去殺一個神國的敗類，玷汙你的手?而且還會被審判的，這太划不來。」智者勸告著。

「我不管，我就是不能忘記被他羞辱的怨氣，我沒有斃了王海道僕人，我絕不善罷干休，心中永遠會有遺憾。」包立積相當執著的說。

天使的智者看到他的態度堅決，意志十分堅定，也就放棄遊說。

智者嘆了一口氣說：「唉!這真是天意，孩子呀!你多保重。我必須回去了。」

「咻」一聲，回神國去了。

包立積立刻前往聖殿找王海道僕人。

王海道僕人狼狽至極的逃回到聖殿，忍不住大大的吐了一口氣，喜樂撞見了便問：

「主人，到底發生了什麼事?瞧你神情慌張不已、衣衫凌亂呀!」

王海道僕人一聽，看看身上的衣服，稍稍整理一下後，開始破口大罵：「真是他媽的，吃屎的傢伙，居然變得如此厲害，真不知道那個吃屎的，是去哪裡得到『千爪萬掌功』的法寶的?」

「主人你是在說誰?」喜樂一頭霧水的問。

「那個大壞蛋—包立積。」王海道僕人咬牙切齒的回答。

「他怎麼了?」喜樂看了看主人憤怒至極的表情，更加深了他的好奇心。

「他用『千爪萬掌功』來對付我，害我剛才差一點就死在他的手裡。」王海道僕人心有餘悸的說著。

喜樂納悶的說：「他一直都很護坦你，怎麼可能殺你?再說你跟他也沒有什麼深仇大恨。」

王海道僕人故意跳過跟他結樑子的枝枝節節：「誰知道那個吃屎的傢伙，是不是因為練『千爪萬掌功』練得走火入魔頭，把腦給練壞了。」

王海道僕人說到這裡不禁嘆氣：「現在我對付不了他，以後的日子難過了，而且隨時隨地都有生命的危險。」

「主人你不用擔心，我這一根『高高杖』送給你，只要包立積一出現，就立刻按手上那一根竹子下方的開關，一轉間，那竹子一直往天上伸長，一直伸長直到碰到朵朵的浮雲時，你就握著竹子對著雲兒，重重敲打三下，一瞬間，許許多多身穿黑衣，衣服上繡著一個偌大的『軍』字，頭上綁著金色巾帶的審判軍，密密麻麻的人影從天而降，包立積一見到『審判軍』就會嚇得屁滾尿流，立刻拔腿就跑。」

「真的，這真是太好了。」王海道僕人欣喜若狂的說。

「但是主人你不能任意使用或拿它來做壞事，不然它反過來對付你哦！」

此時的他已被喜悅掩蓋所有的心思，對於喜樂的叮嚀，只是隨口應聲：「好、好。」

喜樂見狀又開始憂憂傷傷了。

決鬥

面對王海道僕人日漸囂張、為非作歹的作為，辛壹施長老實在看不下去，強烈要求大長老胡來出面施行公義，胡來長老眼看王海道僕人，法力越來越高，心裡多少有一點顧忌而推三阻四，當然另一方面是因為王海道僕人對他還是必恭必敬，他當然不願意得罪他這個小人。

可是面對辛壹施長老積極的抗議、施壓，這位大長老胡來不得不出面和吳小晏長老以及藍郝芢長老、辛壹施長老們，一起來並肩作戰。

四人邀請王海道僕人到金芯之島的一處空曠地，此處十里之內居然寸草不生，除了一片紅紅的泥土，還飄散一股灼灼的熱氣，有煽動人、挑旺人決鬥的氣氛，而十里以外馬上是一片綠蔭參天的森林，所以不管在這空曠地上肅殺如何慘烈，哀嚎慘叫聲是如何響徹雲霄，是無法傳出這片綠蔭參天的森林之外的，它是天然的隔音牆，這裡相當適合做決鬥戰場，不過相傳從前此處是刑場，所以到夜晚會鬼影幢幢，陰森森的，常常有陰魂不散或上不了天堂的鬼在此徘徊，等待替死鬼或濫殺無辜。王海道僕人一聽相約在此處，心裡早就有一種預感，長老們一定是找他一決生死。王海道僕人一來到空曠處，看到四位長老，一副有備而來的樣子，似乎傾全力要來對付他。

他故意擺出一副無所謂的樣子：「你們四人找我來這裡做什麼？」，似笑非笑的說：「是想一決勝負？還是要拼得你死我活呢？」

辛壹施長老手拿著「管管神棍」站出來：「沒錯！就是想要拼得你死我活。」

「你們這是何苦？自找死路。」王海道僕人嘆一口氣，嘲笑他們自不量力。

「是誰自找死路，還很難說。」辛壹施長老不甘示弱的回答。

「好吧！那就請便。」王海道僕人聳聳肩，兩手一攤。

藍郝芒長老站出來，想緩和一下此刻緊繃的氣氛，她壓抑自己的情緒，在此刻她依然不死心：「王海道僕人只要你能認錯悔改，然後交出兩樣寶貝和吐出『掩蓋罪惡之草』，我們就饒你一命。」藍郝芒長老心裡想給他一次機會，希望他能覺醒回頭。

胡來長老也開口：「王海道僕人只要你能認錯悔改，一切都好說。」

「哈哈……胡來長老、藍郝芒長老你們實在太天真，我王海道好不容易才擁有今天高高在上的地位，我怎捨得放棄？」王海道僕人忍不住大笑。

吳小晏長老柔情勸說：「不然王海道僕人你離開我們金芯之島，其他既往不究，可以嗎？」

「善良的吳小晏長老，你這建議很好，只是像我這種人能棲身何處？最重要的是我捨不得離開美麗的金芯之島，這裡太令人眷戀。」

辛壹施長老聽了很火大：「這裡不適合你這種人渣，我們長老有權利叫你離開，請你不要死皮賴臉，賴著不走。」

王海道僕人不甘示弱的嗆聲：「我王海道僕人是神派來的，你們這些長老們是沒有資格叫神的僕人離開的，哈哈……我現在還擁有神給予的權柄與法力，你們掌執者是奈何不了我的，哈哈……。」

眼見王海道僕人軟硬不吃，辛壹施長老和吳小晏長老以及藍郝芒長老只好一同舉起「管管神棍」，說：「那你就試試看！我們的『管管神棍』。」

王海道僕人毫不畏懼，居然哈哈大笑起來：「你們這四個笨蛋，我告訴你們，上帝交給你們的寶貝—『管管神棍』，已經被我偷偷掉了包，現在你們已經不是我的對手了，哈哈……。」

四名長老錯愕不已，同時揮揮「管管神棍」，真的一點作用也沒有，心中憤怒極了，叫罵道：「你真卑鄙！」

「我卑鄙，我是很卑鄙，你們又能把我怎樣？我會變成今天這樣，還不是您們造成的嗎？」王海道僕人似笑非笑，露出狠毒的真面目又略帶嘲諷：「憑你們四人，就想趕走我王海道僕人，這真是太小看我，我再告訴你們甚麼叫『請神容易、送神難』。就如同現在的我一樣，豈可讓你們呼之即來，揮之即去？」

「我不屑你們，不過在我離開這裡前，我必須好好謝謝，那位我最寵愛的藍郝芒長老，妳真是爛好人一個，願意捨身為我出生入死、赴湯蹈火去日月湖摘取『掩蓋罪惡之草』，讓我成為強者―至尊，我真好感謝你。」

「其實在我眼裡，你是屬於那個最笨、最傻、最蠢、最呆，也是最忠心的羊兒，謝謝你成就了今日的我，現在就連我的主―上帝，也看不到我的敗壞，這一切都是拜你所賜，哈哈……妳真是最順服的乖乖羊兒，王海道僕人一輩子都會感激你，把你放在我心深處，哈哈……。』

辛壹施長老、胡來長老和吳小晏長老大吃一驚，面面相覷，藍郝芒長老臉上白一陣、青一陣，心中無限的悔恨，化作一股強大的怨氣。揮動「管管神棍」，使盡全力揮向王海道僕人，王海道僕人輕輕一閃避開，順手一抓，隨手把它扔於地上，這假的「管管神棍」，不會伸縮自如，它只不過是一支普通木棍。郝芒長老既難過又羞愧，掩面哭泣起來。

王海道僕人戲謔藍郝芒長老：「哎喲！我們的爛好人—藍郝芒長老也會生氣，而且還哭了起來，真是天大的消息。」

不料王海道僕人一說完，哈哈大笑，意氣風發「咻！」一聲，飛上了天。

王海道僕人站在空中對他們說：「四名長老不用太難過、太自責，這一切都是天意，神會憐憫你們的無能，哈哈……。」語氣充滿揶揄和嘲弄。

還大言不慚、義正嚴辭的說：「你們要記住，我是對神負責的，不是對人，還有我是順服神，不是順服人。不要一天到晚叫我要聽你們的話，受你們的鉗制。」

「我們沒有鉗制你，也不敢對神的僕人頤指氣使。但是你口中說的神，是你心裡自己的魔，根本不是天上那位神。」四位長執者異口同聲的說。

「哈哈……那又怎麼樣？現在擋在我腳前的石頭—你們都已經搬開了，我從此可以為所欲為。」一副奈何不了我的高傲姿態。

「神會管教你的，你會有報應的！」四位長老痛心疾首的說。

「哈哈……究竟誰會先有報應，都還不知道，請你們不要說大話喔！」王海道僕人反譏笑四位長老。

四人聞言神情黯然下來。

王海道僕人乘勝追擊說：「哈哈……我看你們四人，才是有愧上帝託付的職責，依我看來你們也是跟我一樣上不了天堂的，所以你們是看不到我的報應的，哈哈……。」縱情嘻笑著。

「你這個神國的敗類給我閉嘴。」辛壹施長老大聲咆哮著。

「辛壹施長老，火氣不要那麼大，很傷身體哦！別忘了自己是一位神醫。」王海道僕人假惺惺的好語相勸。

「我偷偷告訴你們一個公開的秘密：這年頭，人人都想上天堂，可是有多少人上了天堂，卻進不了天堂的大門，只能在門外搭帳棚，你們喜歡這樣嗎？很多人並不知道上帝有預設這樣的路，更不明白上帝預設這樣的路是為甚麼。說到這裡我必須賣個關子，從現在開始只要你們好好順服我、跟隨我，我就幫你們打開天堂的大門。這條件不錯吧！你們考慮看看，還有不要認為說好話、心存善念、做好事就可以上天堂，那是人類天真的想法，上帝的法則跟人是有所差距的，你們千萬要記住。哈哈……我要走了。」揮一下衣袖，伴著笑聲，長揚而去，「咻！」飛走了。

三位長老像一個個敗將殘兵，頹然坐下：「我們怎麼會輸得這麼慘？現在我們該怎麼辦？」

而胡來長老一副風輕雲淡的態度，安慰著他們三人：「我們已經盡人事，我看這事就算了！一切聽天命吧！」

「甚麼！事情已經到了這種地步，你還敢說就此算了！」三位長老異口同聲，憤怒的說。

胡來長老見情形不妙，立刻低聲下氣的說：「對不起！對不起！算我說錯話。」

三人同時白了他一眼，說：「王海道僕人變成這樣子，都是你的包容所鑄成的。」

胡來長老聞言，不禁要為自己辯解：「我本是想凡從神差來的僕人，一定是好人。」

辛壹施長老想一想，大家在這裡互相責怪來、責怪去，已經於事無補，便說：「我們還是趕緊想辦法，要如何對付王海道僕人，不能讓他繼續殺人了。」

「對啊！」三人同意點點頭回答。

四位長老跌坐想了老半天，一點辦法也沒有，他們沮喪極了！

不禁仰天長嘆說：「真的，一切只能聽天命！因為我們是真的奈何不了王海道僕人。」

「唉！走到山窮水盡的地步，唯一的路，就是呼求神親自來施行公義。」辛壹施長老無奈的提議。

大家心情沉重，用哀傷、自責、無奈、緩緩的語氣說道：「好像也只能這樣做，唉啊！我們真是無能！」

正當四人苦無對策而感到愁眉不展之際，遠處天邊突然出現一道美麗、耀眼的彩虹，在它的兩旁伴隨許許多多一閃一閃亮晶晶的星星，而彩虹上面坐著兩個身穿「召」字的天使，他們是專管神僕人在世間的服侍時間，在每一個神僕人任期快滿的時候，他們會先去昭告他，爾後再接他回天國。

四位長老不禁露出笑容說：「我們的難題，將隨他們的來到，迎刃而解，真是太好了！」

胡來長老抬頭看著星宿天象說：「這一切冥冥之中，自有定數吧！」

王海道僕人自從與四位長老交手之後，知道他們奈何不了他，為了繼續掌管金芯之島，暗暗私自廢除神揀選的四位長老而自己挑選、任用四位無能、無德、無品的傀儡長老來壯大他的勢力範圍，最重要的是幫他背書、作偽證，向專管神僕人在世界的服侍時間的那兩個坐在彩虹上，身穿「召」字的天使舉薦說；王海道僕人他深受金芯之島百姓愛戴，請他們倆向那兩位屬靈輩分很高卻老眼昏花之耄耋使者稟告，繼續讓王海道僕人留下來治理金芯之島，同時求神的靈（法力）與他同在。

這是違背神心意的事，是可怕又危險的事，人人皆可誅之。

喜樂害怕極了！更是心碎透了！看到主人種種不公義的行為，對王海道僕人無比絕望，但是又無奈，看到他充滿貪婪的心，以致不停犯罪、殺人、與魔鬼相交、謀財害命，自己除了痛心萬分之外，甚麼也不能做，他的心情真是萬念俱灰，一心一意想結束生命，想離開主人，離開這齷齪的世界，於是他慢慢一步一步走著時，那個內心的自己，不時跑出來說話：「喜樂你就是笨，才會跟著這種主人。你死了，是活該！」。

而另外一個內心愛主人的自己卻說：「唉呀！這世界本來就是這樣弱肉強食，你就想開一點吧！王海道僕人會變這樣子也是被逼的。」

隨著沉重的腳步，喜樂內心不停吶喊：「我的神啊！我的父，現在的金芯之島是權力、名利掛帥，私慾橫流的肉體世界，到處是人的慾望充斥，看不到神國裡的愛，長老們全淪陷成王海道僕人手下的敗將，敢仗義直言的百姓都一一被屠殺光，公義之神已經睡著了，而卑微人所講的公義話像是狗屁一樣，沒人甩，金芯之島裡的百姓，吃不飽神的生命糧食，無人可管的百姓，一個一個被王海道僕人的行為絆倒，沒有人理，被王海道僕人一次次傷害的百姓不停哀嚎，卻沒有人聽見，難道神的公義已經死了嗎？」

喜樂一次比一次大聲的呼叫：「神啊！神啊！你不是說神的愛、神的能力是從穹蒼到達地極嗎？神啊！神啊！你到底在哪裡？求你救救金芯之島上的百姓，神啊！神啊！你到底在哪裡？你是否聽見金芯之島百姓的哀嚎聲？」

喜樂走走又跪行又爬行著，蹣跚跪走到山頂上最接近神之處，沉重之心，整個眉頭皺成一塊，心糾結一團，他雙手舉起，抬著頭仰天，痛哭流涕呼求上帝：「神啊！你在哪裡？昔在、今在、永在的神，你究竟在哪裡？」喜樂大聲而淒厲的叫著。

「神的公義已經沉沉睡著！公義已經沉沉睡著了！你知道嗎？」喜樂痛苦、絕望的不斷呼叫著，走向山崖上，一副視死如歸的模樣，向山谷一躍，縱身而下。

這一瞬間，風雲變色、天地撼動。

上帝聽見了。

審判長

上帝立即伸出手，分秒無差的將喜樂接住，把他帶回天堂。祂命審判長親自處理。

「喜樂，你為甚麼要這麼做？你不覺得你很傻嗎？」審判長問。

「為公義！」喜樂凜然的回答。

「為公義，哈哈……公義值多少錢？何必這麼想不開？今天若不是上帝聽到你拯救的呼求，那你壯烈成仁的行為是白白犧牲的，你的死是沒有人憐憫的。」審判長嗤之以鼻，據實以告。

「我不需要人憐憫，我只是做我該做的事。」喜樂一副擇善固執的態度。

「你很不錯哦！不過你知道嗎？每天有多少人向上帝呼求、要伸冤或要求公義臨到，但是為甚麼上帝都一直沒有回應？人自以為是公義的，但在上帝眼中看來不一定是公義的，因為你們人對公義的標準，跟上帝的標準是不一樣的。我看你喜樂還不錯！這樣好了！我送你回去之外，另外還賜給你比你目前還多千萬倍的榮華富貴，而且從今起讓你脫離隨從的身分而重回天使之列，你就當做一切都未發生，這條件不錯吧！你考慮看看！」

審判長注視著他，看他表情如何變化。

「你還是殺了我吧！」喜樂哀莫大於心死的說。

「你怎麼這麼想不開？」審判長不死心的繼續說。

「沒有公義，就殺了我吧！」喜樂一心求死。

「但是我們不能單憑你的一面之詞；說金芯之島的百姓都生活在水深火熱之中。據我所知金芯之島是一個人人嚮往的樂園，百姓都過著幸福美滿的日子。」

「那是假象，那已經過去了。」他冷冷指正。

「假象？那已經過去了？這怎麼可能？我們看見的都是很美好的，而且金芯之島的百姓都很擁戴王海道僕人。」審判長難以置信的說。

「因為王海道僕人已經吃了『掩蓋罪惡之草』，所以你們是看不到、聽不到百姓的冤情的。」喜樂激動道。

「真的嗎？」審判長難以置信，袖子一揮，打開天之窗向日月湖望去，找不到「掩蓋罪惡之草」的蹤跡，審判長大叫：「『掩蓋罪惡之草』，真的不見了！」這事非同小可。

審判長非常驚慌，呼叫「極速飛車」前來，他迅速坐上車去向上帝報告。

上帝神情凝重、語氣重重的說：「毀滅，是毀滅的時候到了。」

審判長提醒上帝：「我們沒有證據，不能審判王海道僕人。」

上帝生氣的回答：「我就是證據，我就是律法。」

「我們要使神國的僕人心服口服，給人們一個很好的模範。」審判長又一次提醒著。

把話聽進去的上帝：「好吧！照你說的去做。」

「是的，可是王海道僕人擁有『掩蓋罪惡之草』，我們要抓到他的把柄，是很難的呀！」審判長有點憂慮。

「嗯！」審判長沉思了一會兒，腦海忽生妙計，叫著：「啊！有了。叫喜樂附身在小狗阿雪身上。因為狗是忠心的動物，人對小狗的愛常常是毫無保留的，也沒有防衛之心，而且現在王海道僕人少了喜樂一定感到很寂寞，而阿雪是唯一可以親近他的。」

審判長問喜樂的意思，喜樂毫不思索，一口答應說：「奴才照辦。」

審判長微皺眉頭：「不可稱自己為奴才，你乃是天使之身，跟王海道僕人是平等的。」

喜樂苦笑一下，說：「是。」

「喜樂你到前面來，拿著這一顆『影子』球，立刻吞下肚，只要你靠近王海道僕人身邊，就能將他的犯罪證據鉅細靡遺的都拍攝下來傳回天庭。」

喜樂接過「影子」球，立刻吞下肚之後，喜樂想到他有「掩蓋罪惡之草」護身，竟憂心起來。

審判長看出喜樂的心思：「『影子』球是唯一能反制『掩蓋罪惡之草』的法寶。」

喜樂就安心了。

上帝手一揮，喜樂身體旋轉了幾下，立刻回到金芯之島，進入阿雪小狗身體裡。

當喜樂進入小狗阿雪身體裡，那一剎間，阿雪「哎喲！」一聲便沉沉昏睡了。

王海道僕人聽到阿雪大聲叫：「哎喲！」，立刻跑過來抱起阿雪，搖搖阿雪身體：「阿雪你怎麼了?你可不能像你的主人喜樂一樣不聲不響的丟下我。你的主人走了之後，我才知道他是一個忠心的好隨從。」王海道僕人把牠抱在懷裡，對著牠自言自語。

過了一會兒，小狗阿雪慢慢甦醒過來，睜大眼睛看著主人，眼睛似乎噙著淚。

「阿雪你醒了，真是太好了!你只要乖乖的聽話，我會像你的主人一樣疼愛你。」王海道僕人喜出望外的對著牠說。

阿雪望著他心有戚戚焉，向他點點頭。

從這一天起，王海道僕人隨時隨地都將阿雪帶在身邊，讓牠跟前跟後。

證據

所謂「執法日」，就是將安息日沒有到聖殿做禮拜的人，在每一個月的二十日在聖殿的「後祭殿」上執法，予以一一格殺，還有把到聖殿做禮拜遲到或早退，關進「密閉室」十天。以及在安息日做禮拜時，睡著或打瞌睡的人，耳朵穿洞掛上一個：「我以後再也不敢做禮拜時睡覺或打瞌睡」的牌子。

連每一個月二十日為王海道僕人的「執法日」，阿雪也跟隨左右，讓「影子球」將王海道僕人皺緊眉頭，口吐一縷縷白煙，瞬間將人變成冰凍人，不一會兒便發出劈哩啪啦的聲音，整個人冰裂成碎片，化為一灘水，殺人的經過一一拍攝傳回天庭。

審判大長老

烏雲一朵一朵飄來，越聚越多，各式各樣雲朵的形狀，極像吸血鬼的面貌，一個個像是掛在枝頭，披著長長幽黑的頭髮，猙獰嘴臉，不時伸出長長紅紅的舌，似乎長到要拖地，作勢要吃人的模樣，令人望之心生恐懼。百姓聚集觀看雲朵，大家不停說：「這雲層好恐怖！」。

霧時濃、時淡，一層一層的煙霧不時掩蓋大地，風開始忽大、忽小，不停吹著，從人耳邊、身旁、腳底，任意向上、向下吹呼嘯而過，被風吹過的人，總覺得那風特別冷，令人打個寒顫：「好冷哦！」。

細雨紛飛，天色越來越黯淡，金芯之島的天空，露出不平常的端倪，風雲驟變的天空，有時從朗朗晨霧化為山雨欲來，百姓不解星象的奧秘，只是議論紛紛：「現在的天氣變化莫測，為什麼會這樣子？」，誰也沒有想到這是金芯之島毀滅前的徵兆。

胡來長老知道這是上帝即將進行毀滅金芯之島的前奏，胡來長老心虛的趁黑夜來臨時，迅速打包行李想畏罪潛逃，搭船逃離此島。

神望見震怒了，故意讓船行至大海中，掀起巨大浪濤，使他所搭的船上上下下劇烈搖晃，海水不停灌入船艙，狂風巨浪不停發出怒吼，似一陣又一陣的索命聲，讓胡來長老求生不行、求死不能，他害怕得呼天搶地的哀嚎呼叫上帝，神立即顯現在天空中，這時，胡來長老臉上出現一股奇異而充滿盼望的神情，神開口問：「胡來長老你也會怕死哦！今日我若救你，對那些因你而死的百姓，如何有所交代呀？」這一股奇異而充滿盼望的神情，隨著神的開口，便從他的眼中倏忽消退。

神心沉痛至極的說道：「甚麼叫有所為，甚麼叫有所不為？你竟無法分辨，真是空有智慧的恩賜。」

神不禁納悶的問：「唉！胡來長老你的智慧到底跑到哪裡去了？難道你把它賤賣給了撒但嗎？難道你不知道智慧的恩賜，是神給的最大賞賜嗎？」

「這是多少人夢寐以求的恩賜，你居然不會用它？還口口聲聲教導人要以和為貴，但是你知道甚麼叫以和為貴嗎？當百姓向你舉發王海道的罪行，你不但置之不理，還包庇他，我不知道你是懦弱怕事，還是怕當壞人。」

「奴僕知錯了。」胡來長老內心萬般悔恨。

神搖搖頭答：「一切都太遲了，你寧可做眼前的好人，也要成歷史的罪人，這是為甚麼？」

胡來長老哀求神憐憫：「神啊！人的個性上總是有盲點。」

「是嗎？為甚麼那麼多百姓向你告狀和陳情，王海道僕人的諸多罪狀，你為甚麼都置之不理？」

「我我……我也無能為力。」胡來長老辯解著。

神又搖搖頭：「到這時候你還是……想辯解，我看你不是無能為力，而是一心一意只想做好人，根本不想做事。」神了嘆一口氣：「好吧！你當人既無擔當心又軟弱，無法造福百姓也成就不了大事，像你這種人只適合當烏龜吧！」

「奴僕知錯、奴僕認罪，求神救救我。」胡來長老聞言，懼怕的拼命求饒。

神答道：「遲了！遲了！」，神立即呼叫雷電降下，一聲巨響劈死他，並收回他的魂魄，再將胡來長老的臭皮囊變成烏龜扔進大海，永遠、永遠不得變成人和進入天堂。

毀滅

喜樂站在雲端上視角向下望，望見整座城市彷彿漂浮在一種無邊無際的，爆裂失重的狀態中；忽明，忽暗，轟隆隆聲此起彼落，山被震得四分五裂，塵埃漫天飛落，又挾帶豪雨不斷傾盆而下，參天古樹，樹連根一棵一棵被震得七零八落，房屋一棟一棟被震得支離破碎，處處都是一條又一條龜裂深溝，樹不見了，山不見了，所有的建築物在地面不斷的搖晃和震動中，一一化為平地。

王海道僕人聽到房屋裡外，發出異常的爆破聲與碎裂聲此起彼落，很快就察覺大事不妙；發現牆壁龜裂，地面開始傾斜，屋外的樹木逐一倒塌，房子有些彎曲變形，有些在移動，很多道路支離破碎，不然就是被攔腰斬斷。他不知道究竟是怎麼一回事，腦海浮現的就是趕快逃命要緊。這時百姓們見了他，向他求救，王海道僕人連看一眼都懶得看，有人抱住他的腳求救，王海道僕人毫不留情的一腳踢開並立刻呼叫：「寶貝輕功出現」，自己飛走了。此時包立積見到王海道僕人立刻趨前追趕，只是一上一下，他怎麼追都差了那麼一步，王海道僕人見狀狂笑不已。

地不斷裂開、不停搖晃，有的百姓嚇得呆若木雞的癱坐在泥濘的雨地裡，有的驚嚇過度失控的在地上癲癇般的打滾，有的相擁哀號哭泣，隨著一次又一次的震動，人人害怕得倉皇失措，又看見自己所到之處，一片凌亂不堪，四處驚叫聲連連，且伴隨一次比一次更為強烈的震動，人驚慌恐懼以及哭泣哀號、驚聲尖叫，此起彼落，響徹雲霄，這時從地底發出的吼叫聲越來猙獰、越大聲，使得已經滿載驚慌、恐懼的人，聽得更是寒意從心竄起，深陷哭泣哀號中，而變幻莫測的天搖地動，隨時就可能會在哪裡竄出一條條黑溝，或一個不小心就會被滂沱大雨沖刷，落入黑暗的深淵，人人害怕得拼命四處流竄，不管往哪裡逃，不管往哪裡跑總是比不上山崩地裂的速度，一個一個掉進深不知處的地底，渺小與卑微的人無論怎麼逃，還是逃不出神毀滅的手掌。

浮空氣中的粉塵逐漸落到宇宙的黑洞，所有起伏的山巒、森林也一一掉進被淹沒在其中，哇！那麼，空氣中要有多少的粉塵，才能把宇宙的黑洞這麼填平？而黑洞的引力，連光也逃不出它的魔力。

喜樂心裡傷心，眼睛噙著淚珠，看著王海道僕人也跟眾人一樣拼命逃竄。

神看著王海道僕人只顧自己逃命，難過的搖頭，便扔出「捆人繩」將王海道僕人捆綁回審判庭，也將包立積帶回天堂。

上帝語氣沉重的道出內心的遺憾，說：「王海道僕人你可知道自己所犯的罪罄竹難書，你虧欠神的榮耀？」

王海道僕人神情黯淡的回答：「『貪』乃為人的真本性，何況身為肉身很難脫離七情六慾的試探。認罪是容易的，但悔改就難得多，改比悔又更加的難了。我知道自己罪孽深重，難容於這世界。」

這時，上帝搖搖頭，說道：「遲了，遲了！」手一鬆，王海道僕人掉落黑洞中完全被吞噬。

上帝淡淡然的說：「王海道僕人永永遠遠消失在祂的國度裡。」

喜樂跪在上帝的面前，淚流滿面的說：「公義的神，終於出現了！這世界真的是有公義的！只是我不懂這個公義為什麼需要這麼多人來陪葬。審判長面帶無奈的回答：「一切都是天意，是上帝給人的一個警醒。」「我還是不懂。」喜樂百般不解，無法測透上帝的心意。

「所以祂才叫『奇妙』的神。」審判長微笑的回答。

喜樂無言以對，默認了。

國家圖書館出版品預行編目

上帝的秘笈 ： 最後的法寶 / 王白石著. -- 一版. -- 臺北 市 : 秀威資訊科技, 2006[民95]
面； 公分. --（語言文學類 ; PG0091）

ISBN 978-986-7080-38-7（平裝）

857.7 95006627

BOD Books on Demand 語言文學類 PG0091

上帝的秘笈

作　　者 / 王白石
發 行 人 / 宋政坤
執行編輯 / 詹靚秋
圖文排版 / 郭雅雯
封面設計 / 羅季芬
數位轉譯 / 徐真玉　沈裕閔
圖書銷售 / 林怡君
網路服務 / 徐國晉
出版印製 / 秀威資訊科技股份有限公司
台北市內湖區瑞光路 583 巷 25 號 1 樓
電話：02-2657-9211　　傳真：02-2657-9106
E-mail：service@showwe.com.tw
經 銷 商 / 紅螞蟻圖書有限公司
台北市內湖區舊宗路二段 121 巷 28、32 號 4 樓
電話：02-2795-3656　　傳真：02-2795-4100
http://www.e-redant.com

2006 年 7 月 BOD 再刷
2007 年 3 月 BOD 二版
定價：320 元

讀　者　回　函　卡

感謝您購買本書，為提升服務品質，煩請填寫以下問卷，收到您的寶貴意見後，我們會仔細收藏記錄並回贈紀念品，謝謝！

1.您購買的書名：____________________

2.您從何得知本書的消息？

☐網路書店　☐部落格　☐資料庫搜尋　☐書訊　☐電子報　☐書店

☐平面媒體　☐ 朋友推薦　☐網站推薦　☐其他__________

3.您對本書的評價：(請填代號　1.非常滿意 2.滿意 3.尚可 4.再改進)

封面設計____　版面編排____　內容____　文/譯筆____　價格____

4.讀完書後您覺得：

☐很有收獲　☐有收獲　☐收獲不多　☐沒收獲

5.您會推薦本書給朋友嗎？

☐會　☐不會，為什麼？______________________________

6.其他寶貴的意見：______________________________

____

____

____

讀者基本資料

姓名：____________________　年齡：______　性別：☐女　☐男

聯絡電話：________________　E-mail：____________________

地址：______________________________

學歷：☐高中(含)以下　☐高中　☐專科學校　☐大學

☐研究所(含)以上　☐其他______________

職業：☐製造業　☐金融業　☐資訊業　☐軍警　☐傳播業　☐自由業

☐服務業　☐公務員　☐教職　☐學生　☐其他__________

請貼
郵票

To：114

台北市內湖區瑞光路 583 巷 25 號 1 樓

秀威資訊科技股份有限公司　收

寄件人姓名：

寄件人地址：□□□

(請沿線對摺寄回,謝謝!)